ハヤカワ文庫JA

〈JA1490〉

大日本帝国の銀河 3

林　譲治

早川書房

8687

目次

大日本帝国の銀河3

登場人物

秋津俊雄……………………………京都帝国大学教授
武園義徳海軍中佐…………………海軍軍令部第四部特務班
谷恵吉郎海軍造兵中佐……………海軍技術研究所所属
猪狩周一……………………………元禄通商社員
桑原茂一海軍少佐…………………フランス駐在武官
古田岳史陸軍中佐…………………陸軍省軍務局軍事課
岩畔豪雄陸軍大佐…………………陸軍省軍務局軍事課長
東郷茂徳……………………………在ソ連日本大使館、特命全権大使
熊谷亮一……………………………外務省職員
片桐英吉海軍中将…………………第四艦隊司令長官
藤井明義海軍中佐…………………同・伊号第九潜水艦艦長
中村直三海軍大尉…………………同・伊号第九潜水艦航海長
ヴィルヘルム・カナリス海軍大将……ドイツ国防軍情報部部長
ヴィクトル・アンバルツミャン………ソ連、プルコヴォ天文台の学者
オリオン太郎…………………………?????
オリオン花子…………………………?????

プロローグ

一九四〇年九月二〇日・横須賀軍港

武園義徳海軍中佐は戦艦金剛の司令長官室に、首席参謀として着任したことを報告した。新編された第四艦隊司令長官である片桐英吉中将は、首席参謀に椅子を勧めた。

「まぁ、かけ給え」

「失礼いたします」

「そう、硬くならずともよい。着任だの何だのとは形ばかりのものだ。そもそもこの部隊編制がそうではないか」

片桐が武園と仕事を共にするのは、この数日が初めてであったが、顔は知っている。片桐は艦隊勤務だけでなく、司令部参謀や航空隊司令官など陸上勤務の経験も長かった。この関係で海軍中央に出かけたときに、何度か見かけたことがあるのだ。言葉を交わしたことはなかったが、普段から何かに怒っているような雰囲気を醸し出す、印象的な人物という記憶がある。

だから、彼が軍令部第四部の人間であることは漠然とだが知っていた。ただ第四部は情報や防諜などを担当する部署で、片桐のイメージでは文弱な人間が就く場所だった。しかし、武園はそうしたイメージとは対照的な人間だった。

それは数日仕事をしてみて確かめられた。中佐の彼が、中将である自分を前に臆することなく意見を述べるのである。それは彼が総力戦研究所という政府機関の人間ということもあるだろう。しかし、それでも彼の態度は国家機関の権威を笠に着たものではなく、何某かの信念に裏打ちされたものと思われた。

そして何よりも有能だ。艦隊勤務経験はそれほどないと聞いていたが、今回の部隊編成の実務面は彼がほぼ完結させたと言っても過言ではない。

そもそも自分がこうして第四艦隊旗艦としている戦艦金剛は、最初の編制では第四艦隊に含まれていない。南洋諸島方面の備えとして新編されたのが第四艦隊であったが、航空隊こそあったものの、水上艦艇に関しては有力軍艦は含まれていなかったのだ。

それが第四艦隊旗艦として戦艦金剛が当てられているのは、簡単に言えば作戦意図を気取られないためという。ただ、それが具体的に何を意味しているのか、片桐にさえ説明はなかった。ただ及川古志郎海軍大臣より武園から聞けと指示されただけだ。

「それで、もうそろそろこの艦隊の意図について説明してもらえないかな」

片桐司令長官に対して、武園は封筒から書類を出す。両面に細かく色々なことが書かれている。

「司令長官はオリオン太郎という人物について何かご存じですか？」

やはりそれか。片桐は思った。東京上空に国籍不明の大型機六機が侵入し、それがばらまいたビラのために高木惣吉大佐が更迭されるという不可解な事件が起きていた。

その詳細は片桐も知らないが、噂ではオリオン集団とかオリオン太郎という人物が関わっているという程度のことは耳にしていた。

「オリオン太郎と関係があるのか？」

「これをお読みください」

武園は書類を差し出す。片桐は目を通したものの、やや後悔した。なぜならあまりにも内容が荒唐無稽すぎるからだ。

追浜に現れた四発陸攻のことや、それに地球の外からやってきたオリオン太郎などという人物が乗り込んでいたこと。彼らが自分たちより少なくとも一〇年以上は進んだ技術を持っていること。そしてすでに密かに世界中で活動していると思われること……などなど。

そんなことが書類一枚の両面に細かい文字で記してある。

「すべて読まれましたか？」

片桐がうなずくと、武園はその書類を目の前の灰皿の上で燃やす。それは異例のことであったが、状況を考えれば当然のことと片桐も納得せざるを得ない。

「今の書類には、オリオン集団は欧州で戦艦と空母を一撃で沈め、本邦でも伊号潜水艦を撃沈しているとあるが、そんな相手にこれだけの艦隊を投入するのは危険ではないのか？」

片桐司令長官は率直にその疑問を武園にぶつけた。なぜなら今回編成する第四艦隊は戦艦二隻、空母二隻を含む、総勢二〇隻以上の艦船を擁する強力な部隊であるからだ。

これは連合艦隊にとって無視できない戦力であり、もし失われるようなことがあれば日本海軍には大打撃といえる。特に日米関係が緊張し、戦争の可能性が口にされる昨今では、主力艦の損失は許される状況ではないのだ。

「危険はあります」

武園はそれを肯定した。だが、さらに言葉を続けた。

「ただ、オリオン集団が撃沈した主力艦クラスの大型軍艦は、イギリス空母とドイツ戦艦がそれぞれ一隻に過ぎません。本邦にしても潜水艦一隻です。しかも不幸にして犠牲者が出たものの、本邦に対しては警告がなされていた」

「日本だけ特別扱いしているというのか？」

「はい、日本だけはオリオン太郎という、オリオン集団高官の身柄を確保しています。ならば対応に違いがあっても不思議はないでしょう」

「人質ということか？」

「人質というよりは、保険と考えるべきでしょう」

武園はそう片桐の表現を言い換える。

「保険か」

片桐にとっては保険も人質もその違いをここで論ずるのは、単なる言葉遊びの類に思われた。しかし、部隊の安全を考えるなら、苦い思いを飲み込まねばなるまい。自分は艦隊に対して責任がある。

「オリオン太郎たちは我々とは感性と言いますか、考え方が違います。なるほど彼らは伊号潜水艦を撃破した。だが、それは老朽化した伊六一潜でした。

言うまでもなくこれは潜水艦の攻撃を正当化する根拠にはなりませんし、これが国同士なら一つ間違えれば、戦争です。

それでも、私はここに彼らが日本に対しては攻撃を控える意図があると考えます」

「まるで空き巣が強盗よりマシだと居直るような理屈だな」

それが片桐のオリオン太郎に対する認識だった。そもそも当初からの経緯を知っている武園とは異なり、自分はオリオン太郎が何者なのか彼から説明を受けるまで知らなかったのだ。

オリオン太郎本人を知っている武園の認識は違うのかも知れないが、書類で読む限り、とても安心できる相手とは思えない。

とはいえ、片桐も海軍軍人である。出動を命じられたなら従わないという選択肢はない。

「軍人は命令に従うもの」という原則は万事順調な時には問題にならない。しかし、明らかにおかしな命令、極論すれば犯罪行為に等しいような命令に対して、拒否できるかどうかという問題は法務として存在する。

命令に従い部隊が不法行為を行なった時、その責任は命令者にあるのか、実行者にあるのか？　この見解は国により異なる。

英米は実行者に責任ありとするが、同時に不法な命令に従わない権利が部隊長にはある。逆に独仏などの大陸国では不法でも部隊は命令に従わねばならないが、結果の責任はすべて命令者が被（かぶ）る。

だが日本陸海軍はどちらの解釈であるかは不明確であった。なにしろ軍令とは天皇の命令であるから、「不当な軍令はありえるか？」という仮定そのものが、難しい判断を要求するのだ。

このため「おかしな命令に対しては、質すことができる」程度が限界であった。

片桐もこの問題を真剣に考えたことはなかったが、いまの場面ではやはり疑問があった。

現在の軍令部総長は米内総理と懇意の永野修身海軍大将である。つい最近まで軍令部総長は皇族の伏見宮博恭王であったが、海軍省の権限をめぐり米内首相との激しい意見の対立を見ていた。この対立の中で天皇が米内を支持したことで、伏見宮軍令部総長は辞職し、後任が永野となったのだ。

片桐としても、海軍上層部の政府を巻き込んだ対立には嫌気がさしていただけに、オリオン太郎の話などされても胡散臭いとしか思えなかった。勘ぐれば政争の延長に思えてしまうのだ。

それでも駆逐艦の二、三隻を派遣する程度ならまだしも、日本海軍にとって貴重な戦艦や空母を擁する強力艦隊を派遣するという。意味のない出動で、貴重な軍艦が失われるようなことになれば、それこそ国家的な損失ではないか。

「長官は、あるいはこれが何某かの政争の延長ではないかと、不審を抱かれているのではありませんか？」

「それが自然ではないか」

片桐は武園の疑問を否定しない。

「そう考えられるのも無理はありませんし、はっきり申し上げて、現在の政局とまったくの無縁でもありません。

しかし、政争で出動するのではありません。日米関係も緊張しているなか、これだけの戦力を無駄にする余裕は日本にはありません」

さて、どうするか。片桐は思う。結局のところ出動せよと言われれば従わなければならないわけだが、それでもどこまで武園に協力するかは自分の腹ひとつだ。

そして、片桐は腹を括る。武園も首席参謀として行動を共にするというのなら、ひとつこの男を信用し、力になってもいいだろう。

「いいだろう、我が第四艦隊で、オリオン集団とかいう連中の秘密基地、暴いてやろうではないか！」

1章　空中要塞パトス

一九四〇年八月二〇日は、在仏日本大使館付き駐在武官である桑原茂一海軍少佐の人生にとって忘れられない日となった。桑原自身は、成り行きでダンケルクから脱出するフランス軍とともにイギリスに命からがら脱出した日、六月三日が人生最大の波乱万丈の日と思っていた。

しかし、わずか二ヶ月半で記録は塗り替えられた。ダンケルクの海岸から自分をイギリスまで運んでくれたのは、老朽化したトロール船であったが、それでも人間が作った船だった。

だが、いま自分を運んでいるのは、そういうものとは違う。なるほど乗っているのはドイツのＪｕ５２旅客機であった。でも、そのエンジンはすでに止まっている。それが墜落しないのは、旅客機の上にいる円盤型の飛行機のおかげだろう。

どうやってJu52が墜落しないで済んでいるのか、それは桑原の位置からはわからない。たぶん何かの接合装置で、旅客機は円盤に固定されているのだと思う。

問題はこの円盤の破天荒さだ。旅客機より一回り大きい円盤は、多分、直径で六〇メートル近くあるだろう。容積だけでいえば重巡程度の大きさにはなるだろうか。

航空機の専門家として、桑原はこれがドイツ製ではなく、それどころか世界のどこの国の飛行機でもないことがわかった。

カナリス大将が桑原に説明した、地球外から世界に接触しようとしている未知の勢力の飛行機だろう。自分はそんな連中に拉致されつつある。ダンケルク脱出など、この事実に比べればありふれた話に思える。所詮は地球の人間同士のいざこざだ。

ただ、それでもわからないことが幾つかあった。一つは操縦席の口も鼻もない二人の操縦士。マスクのようなもので目元まで覆われているので、口がないという最初の印象は違うかも知れないが、顔の表面に凹凸がないというのは鼻は間違いなくない。

彼らが人間でないとしたら、いつからJu52の操縦桿を握っていたのか？　これは民間機などではなく、ドイツ国防軍が手配した軍用機だ。余程のことがない限り、あんな人間とは思えない存在が最初から乗り込むなどということがあるはずはない。

つまり、その余程のことがあったということになる。本当に信じられないが、この謎を合理的に説明する仮説は一つだけだ。

ドイツ国防軍情報部のカナリス部長は、詳細は不明ながらも、彼自身が口にしていた地球外の存在と接触があるのだ。そうでなければ桑原の乗る軍用機を彼らが操縦し、こんな巨大な飛行機に拉致されるはずがない。

ただ、さらにわからないことがある。カナリスが地球外の存在と接触しているとして、桑原の役割は何であるのか？　つまりカナリスはどのような意図で、地球外の存在に自分を引き渡そうとしたのか？

桑原は、事実関係を整理しながら、可能性を考える。死を感じたりはしない。自分を殺害するために、これほどの手間をかける意味がないからだ。

生かしているということは、何かをさせるつもりと考えていい。なら今しばらくは命の安全は保障されているだろう。となれば飛行機がどこかに着陸するまで、考える時間は十分にある。

まず地球外の存在と連絡をとっているのは、カナリスだけか、多くともその周辺だけだろう。宇宙の優れた存在とドイツ国防軍が接触していたら、ナチスドイツは宣伝戦で他国を屈服させることを考えるだろう。

確かにドイツ軍は現時点で不敗の存在だが、それでもいまだにイギリスを屈服させられないでいる。それに勝っているとはいえ、やっているのは戦車を走らせたり、戦闘機を飛ばしたりというレベルであって、技術的には他国と大差ないのだ。

それに地球外の高度な技術を彼らが持っていたならば、独ソ戦はドイツを滅ぼしかねないとカナリスが危機感を抱いていることの説明がつかない。

桑原の見るところ、地球外の何者かについては情報部長の彼だけが情報を握っているのだろう。彼はその危険性を誰よりも理解しているが故に、それを扱いかねている。桑原はそんな気がしてきた。

行方不明になる前の猪狩周一（いかりしゅういち）が桑原に申し送り事項として伝えてきたのは、カナリスの提案が日独連携による戦争拡大の阻止だということだった。だとすると、カナリスは日独の限られた人間による地球外の存在に対する秘密の共有を意図していたのではなかったか？

ただ、そうだとしても桑原が今のように拉致されることの意味がわからない。

どこに向かっているか知らないが、かなりの長時間飛行になるのは間違いないだろう。

目的地が九〇〇キロに満たないなら、そのままＪｕ５２を飛ばせばいいのだ。

そろそろ夜になろうかという時、操縦席から口のない異形の者が現れ、桑原の目の前に箒（ほうき）のようなものを置いて、そのまま戻っていった。

操縦室の二名は、桑原が話しかけても何の反応も示さなかった。桑原も、その不気味なものと関わり合いになるのが嫌なので、それ以上は特に何もしない。

それまでずっと操縦室と客室は没交渉のままだったが、向こう側から動き出してくれたようだ。もっともこの箒の意味はわからない。

日本には嫌な客が長居しないように、箒を立てかける呪い（まじない）があるが、まさかこんな場所でその呪いはないだろう。そしてよく見れば、それは当たり前だが箒ではなかった。

三〇センチほどの三脚の上に一メートルくらいの華奢（きゃしゃ）な支柱が載っていて、その上に団扇（うちわ）のようなものがある。暗いのでシルエットで箒に見えただけだ。

「桑原茂一さんですね」

それまで和紙でできていると思っていた団扇の表面が明るくなり、女性と思われる顔が浮かび上がる。噂に聞くテレビジョンか？　しかし、あれは目の前の団扇のように天然色ではなかったはずだ。

「誰なんだ、君は？　これはテレビジョンか？」

桑原はここで初めて、映像の女性が日本語で自分に話しかけてきたことに気がついた。桑原にとっては久々の日本語だった。

ただ、海外生活の長い桑原にはその日本語は綺麗すぎた。本土の日本人の日本語はもっと方言の匂いがする。畢竟、東京の人間でさえ大半は綺麗な日本語とは言い難いのが現実だろう。

桑原にしてもフランス人から、教科書的なフランス語と何度も言われたが、外国語を学んだ人間は、どこの国の人間でも大なり小なりそうなるのだろう。

つまり映像の女性の綺麗な日本語とは、彼女が日本人ではないことを意味しているように桑原には思われた。そうした視点で見ると、彼女は日本人というより、アジア人の容貌かも知れない。

「私が何者なのかについて、どのように説明いたしましょう。皆さんに理解しやすい名前で言うならば、オリオン花子です。

信用という観点での話であれば、ドイツ国防軍情報部ヴィルヘルム・フランツ・カナリス部長の発案で、桑原さんをこうしてお迎えしております」

オリオン花子は、桑原が懸念していた可能性が杞憂ではなかったことを証明した。カナリスは地球外の存在と通じている。

「それと、目の前の装置はテレビジョンではありませんが、それに類する機能を内蔵しているのは間違いありません。便宜的にテレビ電話とでも呼んでください」

それも重要な情報ではあったが、いまの桑原には、カナリスが地球外の存在と接触を持っていたことで頭が一杯だ。

「オリオン花子は地球の外の存在なのか？」

「オリオン集団の拠点が地球外にあるのは確かです。秋津(あきつ)さんなどは我々を地球外人と呼んでおりますよ」

「地球外人か」

秋津が自分と同じブレーントラストのメンバーである、京都帝大の天文学の教授だというのは聞いていた。地球外人という呼称は、洗練された呼び方とは思えないが、天文学者の命名センスとはそんなものか。

「それで私をどうするつもりだ？　カナリスはなんと言っている？」

「それを説明する前にパイラに移動してください」

オリオン花子の映像が消えると、何やら円盤の映像が表示される。どうやら自分の乗っているＪｕ５２とその上にある円盤状の飛行機の姿であった。両方を捉えている映像なので、視点の位置から推測し、それは実写ではなく模型か何かの映像と思われた。

「パイラってのは、あの円盤か？」

「皆さんに理解しやすいように、そうしたカテゴリーを作りましたので、パイラと呼んでいただいて構いません」

オリオン花子は今ひとつ意味の通りにくい言い回しで、円盤がパイラであることを肯定した。

映像が正しければ、Ｊｕ５２は巨大な洗濯バサミを思わせるような金具で胴体を挟まれていた。窓を塞がないようにするためなのか、金具には一定間隔で穴が開けられていた。

「現在の状態では、パトスと結合できません。このままＪｕ５２の中にとどまれば、減圧と酷寒で桑原さんは死ぬことになりますから。パトスに結合するためには、パイラに移動していただく必要があります」

そうしているうちに機体の上方で甲高い音がしたかと思うと、次の瞬間、天井部分が一メートル四方ほど切断され、床に落下してきた。

機体に穴が開けば、すごい勢いで空気が流れるはずだったが、そんなことはなかった。そして天井から金属製の梯子が降りてきた。

「どうぞ上がってください」

オリオン花子が桑原に促す。言いなりになるのはいささか業腹だが、しかし、ここに留まる理由もない。カナリスの部下から渡された雑嚢と自分の荷物を持って梯子を登ると、旅客機の天井はパイプで貫かれていた。その先が上の円盤にまで通じているのだろう。

五メートルほどの梯子を登り切ると、そこは大きな空間の床だった。床とパイプは継ぎ目なくつながっていた。そして桑原がその空間に立ち上がると、Ｊｕ５２を操縦していた二名の異形のものも梯子を上がってきた。

桑原が後ずさると、その二名は何もない壁に向かって歩み出し、突然現れた開口部の中に消えた。

桑原はすぐにその壁に駆け寄るが、開口部は消えていた。そして振り向くと、自分が今まで登ってきた梯子も、パイプと連なる丸い穴も消えている。

桑原がいるのは天井まで五メートルほどある、縦横十数メートルの空間だった。貨物室というのがもっとも近い表現だろう。

「おもてなしもできず申し訳ありません」

それはオリオン花子の声であった。声の方を振り向くと、桑原と同じくらいの背丈の女性がいた。桑原は一七〇センチなので、オリオン花子は女性としては背の高い方だろう。ただ彼らの種族ではどうなのかはわからないが。

オリオン花子は航空隊の人間が着用するような動きやすい服装をしていた。着衣の色は薄いオレンジだったが、さすがにこんな軍服は見たことがない。また階級を示すようなものもない。

桑原は思わずオリオン花子に説明を求めようと駆け寄りかけたが、すぐにそれが壁に投影された映像であることに気がついた。

「君はどこにいるのだ？」

「地球です」

「地球のどこにいるかを聞いている」

「地球の方々が、ここを何と呼んでいるかオリオン花子は知りません」

「地図か何かで示すことはできるだろう」

「示したくありません」

オリオン花子はそう言い切った。意思疎通ができないというより、限られた範囲の意思疎通しかしたくないのだろうと桑原は解釈した。日本に限らないが、どこの国にも杓子定規な官僚というものがいる。やりたくないことは規則を盾に縦のものを横にもしない手合いだ。

桑原がこの時感じたのは、そうした官僚たちとのやりとりだった。確かにこんな巨大な飛行機を操るだけの工業力があるならば、国レベルの大きな組織があるはずだ。

そんな組織があるならば、動かすための官僚機構が必要で、そうであれば融通のまったく利かない奴もいるだろう。

「いまどこを飛んでいる？」

この質問なら返答があるだろうと桑原は考えたが、オリオン花子の考えは彼とは違っていた。

突然、桑原の立っている床が透明になった。眼下には海洋が広がっている。パイラは恐ろしいほどの高度を飛行している。それは海軍航空隊の桑原にはすぐにわかった。

海面の白波が見えずに、そこには皺で覆われた海しかない。桑原が過去に到達した最高高度は攻撃機の試験で七五〇〇メートルだった。

その時に見た海面の状態に似ているが、さらに平板な感じがするのは、高度が高くて海面の凹凸がわからないためだろう。最低でも一〇〇〇〇メートルにはなっているはずだ。

そして桑原は、床が透明になったのではなく、眼下の景色が床に投影されていることに気がつく。映像にチラつきが見えたからだ。

「Ｊｕ５２はどうなった？」

「もちろん捨てました」

オリオン花子は当たり前のようにそう言い放つ。

「まだ使える飛行機を捨てたというのか？」

「あれの役割は桑原さんを運ぶまででしたし、無理に回収しようとしたら大変な手間がかかります。だから海に捨てるのが一番いいんです」

桑原はＪｕ５２を捨てると聞いて、勿体無（もったいな）いと感じたものの、この観念はオリオン花子には通じそうにないと思った。

「カナリス部長が怒らないのか、勝手に軍用機を捨てて」

桑原にはそんな台詞しか出てこない。

「完璧な複製品はドイツ国内の飛行場にすでに戻っています。だから問題は何もないでしょう」

そう言うと眼下の光景は消えた。もう十分と判断されたようだ。

「もうじきに空中要塞パトスに到着します。細かい質問はそちらに到着してからでよいでしょう」

そうしてオリオン花子の姿も消えた。

桑原はいま自分が置かれている状況を改めて考える。猪狩周一の引き継ぎでカナリス大将と会見し、そのカナリスはオリオン花子たちと通じていた。

そして桑原は、そのカナリスのメッセージを託されてＪｕ５２で移動中に、オリオン花子らに拉致された。

この状況の中で桑原の役目はなんなのか？　さらに言えば猪狩が行方不明というのはど

ういうことか？　カナリスの話では、日独の反戦勢力を繋ぐという役割の代役を桑原に頼むということだった。

しかし、この状況でカナリスの話をどこまで信用すべきかが、まず疑問だ。つまり最初から拉致するために、桑原を呼び寄せたのかもしれない。

ただ、戦争拡大を避けるというカナリスの考えに嘘はないという印象を桑原は受けている。

だとすれば、カナリスは戦争拡大を阻止するために、猪狩や自分を拉致させたのか？

「間もなく到着します」

オリオン花子の声とともに、パイラの壁に再び外の景色が投影される。

「何だ……あれは？」

その物体の第一印象は六本の脚を伸ばしたヒトデであった。中心部が膨らんでおり、そこから脚部にかけて薄くなっている。真横から見たならば、細長い菱形に見えるだろう。

大きさは遠近感がないのでわからない。それに壁に投影された映像なら、拡大されている可能性もある。

だがそれでも接近するにつれて、その巨大さがわかってきた。パイラはＪｕ５２との比較で六〇メートルあるはずだったが、ヒトデ脚の先端部分にそのパイラが結合していた。

桑原の位置からは脚の先端部の左右両側に一機ずつパイラが結合している。それからすれば空中要塞パトスの大きさは一キロ近いと思われた。

空中要塞にもう直に接触するという段階で、壁面の映像は消えた。そしてパイラが減速し、ゆっくりとパトスに接近しているのが感じられた。

ただ、パイラが空中要塞に接触したような衝撃は感じなかった。その代わりに、今まで継ぎ目ひとつ見えなかった壁の一部がスライドすると、縦横三メートルほどの廊下が現れた。

それはパイラの壁面と同一の素材で作られているようで、廊下は淡い光を放っていた。そしてパイラの機内照明が消えた。桑原は促されるように廊下を進むと、背後でパイラの開口部は閉じて、そこは再び壁面となった。

開口部の扉は単なるスライドドアではなかった。気圧の維持に神経を使っているのか、内扉と外扉の二重構造であり、さらにそれと接合しているパトスの側も二重扉である。

海軍航空隊の人間として、高高度では人間は呼吸さえ不可能なことは桑原もわかっていたが、ここまで厳重なのは初めて見た。これはオリオン花子たちが真空の宇宙から来たことを示しているように思われた。

桑原はそのまま三〇メートルほど前進し、壁に突き当たった。しかし、再び扉が開き、通路に出る。桑原がその通路に移動すると、再び背後の扉が閉まる。そこも内外の扉が開閉する二重扉の構造だった。

桑原が出たのは狭い部屋だった。やはり幅と高さが三メートルほどで、長さは一〇メートル程度だろう。

部屋に窓はなく、ただ側面の壁には、三〇センチ間隔で手すりのようなものが配置されていた。妙な部屋だと思ったが、それは誤解だった。桑原が乗ると、音もなく動き出す。どうやら人員移動のための電車のようなものらしい。

そう言えばドイツ軍には敗れたが、フランスが国境に構築した要塞地帯であるマジノ線も、あまりの巨大さに陣地内の移動のため電車が走っていた。この空中要塞もまた巨大であるので、こうしたものが必要なのだろう。

確かに合理的だと思う。現在、呉海軍工廠(こうしょう)で建造中の新型戦艦は大和と命名されるらしい。桑原も海軍省勤務時代には、計画にも関わり、何度か重要な会議にも参加している。

そこで指摘されたのが、戦艦大和のダメージコントロールの問題についてだった。戦闘中に火災や浸水があったときに、必要な人員に呼集をかけるのも容易でなければ、被害状況の把握も難しいという指摘だ。大きすぎ、複雑すぎるので、情報伝達だけでなく、応急処置に必要な人員の移動もままならない。

しかし、こうした要塞内電車のようなものがあれば、緊急時の対応に役立つのは間違いない。

そうであれば、先程の二重扉とあいまって、彼らの歴史には大規模な事故の経験があるのだろう。それをどう解釈すべきか、桑原にはいまのところわからない。ただ失敗の歴史があるならば、高度な技術を有する彼らであっても、過失や事故から解放されてはいないのだろう。

動いていた電車はすぐに音もなく止まる。驚いたことに、電車のドアも二重だった。そして桑原は外に出る。

そこは、テニスコートが収まるほどの楕円形の大きな空間だった。天井までの高さも五メートル以上あるだろう。壁面は白いが天井部分は緩やかな曲線を描き、黒く塗られている。

電車の乗り降りをするなら駅に相当するのだろうが、地球の駅なら目に付くポスターやスローガンの類はない。桑原が電車を振り返ると、それはほぼ同じ断面積のトンネルの中を移動するようだった。

出口の部分はトンネルの外に出ているが、車体の半分はトンネル内に残っている。

そして電車の降り口より三メートルほど離れた場所に四人の男女が待っていた。

四人ともオリオン花子と同じような制服と思われる着衣を身につけていた。わりと似たような顔をしていたが、それでも二人は欧米人に近く、他の二人はアジア人的な容貌だった。

「改めて空中要塞パトスにようこそ、桑原茂一さま」

それは壁に現れたオリオン花子の映像からの声で、目の前の四人は口を開いていなかった。四人は桑原にどう対処すべきか考えあぐねているようにも見えた。

「申し訳ありません。この子たちは、まだ色々と慣れていないんです。その点も桑原さんの薫陶(くんとう)よろしくお願いしたいところです」

オリオン花子がそう言うと、四人は桑原に向かってぎこちなく挨拶をした。お辞儀など上体を傾けるだけの動作だが、そんな基本的な動きにさえ不慣れさが感じられた。

「自己紹介をしてください」

オリオン花子は映像から四人にそう指示を出す。桑原に近い順に欧米人の男、女、アジア人の男、女と並んでいる。その近い順に四人は名前を名乗る。

「オリオン・ハンス」

「オリオン・ハンナ」

「オリオン李四(リー・スー)」

「オリオン李芳（リー・ファン）」

名前の発音だけで断定はできないが、イントネーションでハンスとハンナはドイツ語圏、李四と李芳は中国語圏の言葉を話すと思われた。日本に来たのがオリオン太郎で、いままで桑原の相手を日本語でしていたのがオリオン花子であった。それを考えればドイツ語圏ならハンスとハンナ、中国語圏なら李四と李芳というのは、予想されるべき名前であっただろう。つまり地球で活動する彼らの名前は、所属を意味するらしいオリオンと、言語圏における男女の代表的な名前を組み合わせたものだ。

だからもしも彼らがアメリカなどに人を送るなら、それはオリオン・ジョンとかオリオン・メアリあたりになるだろうし、ソ連に送るならきっとオリオン・イワンやオリオン・マリヤなどとなるのではなかろうか。

むろんこうした名前は、あくまでも地球の人間相手に用いるもので、彼ら自身の名前は別だろう。

とはいえ偽名としてはわかりやすいものの、馬鹿にされている印象を受けるのは否めない。

それにオリオン花子は日本語で指示を出し、四人はそれに従った。つまり彼らは、少なくとも日本語を聞き取れることを意味する。複数言語を操れる能力があるわけだ。

「それで自分をここに連れてきた理由は何だ。カナリス部長の考えなのか？」

その質問に答えたのは、予想通りオリオン花子だった。桑原が遭遇した地球外人は口のない二人とオリオン花子ら五人だが、この中ではオリオン花子が指揮官もしくは責任者なのだろう。

「まずカナリス部長が桑原さんに語った内容を教えていただきます。伝言などを言付かってはいないでしょうが、それでいいのです。会話の一部始終を教えていただければ、情報はこちらで読み取ります」

しかし、その説明に桑原は納得できなかった。テレビジョンの高度な技術を持つグループが、どうして何かを説明するのに人間を派遣する必要があるのか？　桑原を飛行機ごと誘拐（しかも飛行機は捨てられているのだ！）するような手間をかけたにしては、手段に対して目的があまりにも不合理だ。

「カナリス部長の話を聞くために自分を誘拐したというのか？　そのために飛行機一機を捨てたというのか？」

「いえ、違います」

オリオン花子は否定する。

「カナリス部長が何を主張しているのか、それについてはオリオン集団の側もすでに把握しています。オリオン集団が知りたいのは、カナリスの主張に対する桑原さんの反応です。それは桑原さんにしかできません」

「君らは、カナリスの考えではなく、それを自分がどう受け取ったのか、それを知りたいというのか？」

「必ずしも正確ではありませんが、概ねそうしたことです」

カナリスの考えではなく、カナリスの考えを桑原がどう受け取ったのかを知るために誘拐したというのは、何とも理解し難いものがあった。

「それと、桑原さんにお越しいただいたのには、もう一つの理由があります」

カナリスの件だけでなく、他にも理由があるというのは、桑原を多少安心させた。

「なんだ、それは？」

「この四人の教育です」

「はいっ？」

桑原は思わず変な声が漏れた。教育のためこの場に桑原を連れてきたというのは、カナリスの件よりはまだ理屈は通るが、筋はまったく通らない。

「いったいどういうことだ！」

しかし、桑原の剣幕にもオリオン花子や他の四人は動揺する気配もない。

「私が理解するところでは、桑原さんは日本海軍の軍人ですね」

「いかにも軍人だが」

「軍人は国のために働くのですね？」

「もちろんだ」

桑原はそう答えながらも、オリオン花子がどんな理屈を出してくるか不安になった。

「軍人なら、国益のために我が身を犠牲にするのも厭わない」

「まぁ、そういうものだが」

オリオン花子の話の持っていきように、不穏なものを感じてきた桑原は、返答のトーンも下がってくる。

「この四人を教育することは、ドイツや中国へ派遣される人材に対して、桑原さんが影響力を行使できるチャンスであります。それは日本の国益にも適う行為です。桑原さん個人の都合はともかく、海軍軍人として国益を追求できるなら、断る理由はないのではありませんか？」

「はぁ……」

桑原はそうとしか言えなかった。確かにオリオン花子の理屈は、桑原が肯定した話と矛盾しない。地球外人の前で粋がって滅私奉公を気取って見せたばかりに、とんだ落とし穴にはまってしまった。

さらにオリオン花子は追い打ちをかけてくる。

「もちろん桑原さんがどうしても嫌だというなら、オリオン集団も考えを変えないではありませんが、その場合、教育を委ねることになるのは日本人以外の軍人になるでしょう」

「おい、自分が引き受けなかったら、どうして外国の軍人になるんだ？」

「大日本帝国海軍の軍人は、自分が嫌なことを同胞に押し付けるような真似はしないと伺っております。

この命題が真であるならば、桑原さんがご自身の意思で四人への教育を断る場合、当然それは他の日本人に委ねられないことになり、したがって外国の軍人を頼るよりありません」

「わかった。大日本帝国のために、この四人の教育を引き受けようじゃないか」

この状況では断れそうにもない。自分は空中要塞パトスに幽閉された状況だ。それにこの四人を教育することは、オリオン集団について多くの知見をもたらしてくれるだろう。

問題は自分が日本に戻れるのかということだ。オリオン集団の秘密を握ったとしても、日本に戻れなければ意味がない。

それと同時に桑原はあることを思い出し、尋ねる。

「猪狩もここにいるのか？」

「猪狩さんは、オリオン花子のいる場所におります。パトスにはおりません」

どうしてオリオン花子はずっとテレビジョンの映像だけなのかと思っていたが、本人がこの要塞にはいないというなら理解できる。同時に、地球のどこかにいるらしいオリオン花子は、テレビジョンの技術で自由に世界のどことでも会話ができるようだ。桑原はパトスやパイラよりも、その技術に脅威を感じた。

これが軍隊であれば、最前線の状況を指揮官が本国にいて掌握できるではないか。それこそ作戦指揮に革命をもたらす技術だ。

「猪狩さんはお元気です。あと二週間ほどで日本に戻ることになるでしょう」

オリオン花子は、そう猪狩の帰国に言及する。

「自分も帰国できるのか？」

そう尋ねる桑原にオリオン花子は笑みを浮かべた。直感的にそれは肯定の意味だと思われた。

「もちろんです。まさか桑原さんは死ぬまで我々に面倒を見ろと仰（おっしゃ）るんですか？」

「いや、そうではないが」

言葉は通じるが、話は今ひとつ通じていない。そして桑原が教育するはずの四人は、挨拶だけを済ませると、それぞれバラバラに歩き出し、壁にできた四つのドアから別々に出て行った。

「教育はどうなったんだ？」

「まさか、着いたばかりなのに、教育をさせるわけないでしょう。とりあえずは部屋を用意しましたので、そちらへ」

気がつけば、さっきは四つあったはずのドアは一つになっていた。しかも位置は先ほどの四つのどれでもない。

その唯一のドアからＪｕ５２を操縦していたのと同じような、口のない人間が二人現れた。ただ、見た印象では操縦桿を握っていた二人とも違うようだ。

「猪狩さんにも説明しましたけど、それはオベロです。どうも地球にはオベロに相当する存在はいないようですが、一番近いものとしては小作人のようなものと考えてください」

オリオン花子はそう説明するが、桑原にとっては混乱するばかりだ。彼らの社会の中で特定の労働に従事する存在なのだろうと予想できるだけだ。

「オベロは君らと同じ民族なのか？」

「猪狩さんもオベロについて同じ質問をしましたけど、なぜ地球の人はそんなことが気になるんですか？　知りたければお答えしますけど、オベロはオリオン集団には後から加わった要素です。桑原さんにも伝わる言い方をすれば、オリオン花子とは別の動物です」

「小作人というよりも、むしろ賢い家畜のようなものか？」

オリオン花子はそれを聞くと、嬉しそうな表情をしたように桑原には見えた。

「まさに、それがより正確でしょう。猪狩さんには、それでは納得してはいただけませんでしたけど」

どうやら猪狩のいるところでもオベロは活動しているようだ。確かに家畜的な存在であれば、オリオン集団とともに活動していても不思議はない。

改めてオベロたちの顔を見ると、口や鼻がないわけではなく、皮膚と同じ色のマスクで隠されているようだ。

「オベロの後について行ってください。お部屋に案内します」

オリオン花子の言葉と同時に、二体のオベロが歩き出す。桑原は後ろから話しかけるが、何も反応しない。確かにオベロが日本語を理解できるとは思えないから、反応しないのは当然かもしれない。それでも音にさえ反応しないのは不思議である。

オベロの後に続いてドアを抜けると、そこは幅二メートルほどの廊下だった。桑原はパトスの内部は戦艦のような構造ではないかと思っていた。

しかし、そうした想像とは違った。軍艦というよりも、鉱石を掘り尽くした廃鉱山のようだった。つまり桑原が案内された通路は、緩やかな勾配で上に向かっていたかと思えば下りになったり、さらに直線ではなく、何ヶ所かで屈曲していた。

人間が作る軍艦であれば、こうした構造にはならないだろう。パイラから見たパトスの姿は中央部が膨らんでいたが、今いる場所がそこならば、複雑な立体構造を持っているようだ。

不思議なのは中央部の素材だ。パイラはパトスの脚部に接合し、そこから桑原は電車で運ばれてきた。そこまでで目にしたパトスの素材は、淡い光を放つ樹脂のようなものと、それらの構造を支えているらしい合金と思われる梁や桁であった。

しかし、オリオン集団の四人と接触した広場を抜けてからは、素材の質が変わったという印象を桑原は持った。あの広場までは、通路にせよ電車にせよ近代的な構造物であった。だが、いま進んでいるこの空間は、前近代的な印象を桑原に与えた。それは泥の壁に見える。そう見えるだけでなく、壁を触ってみると、指が少し泥で汚れた。壁の感触は乾いた泥よりも硬く、石灰岩に近かった。

ただ、純粋な石灰岩とも違う。石灰岩のような感触を持ち、硬質ゴムのような柔らかさも併せ持つ素材だ。

おそらくこの膨らんだ中央部は厚さで一〇〇メートル、大きさで三〇〇メートル径はあるはずで、さすがにそれらすべてが石灰岩の類ということはないだろう。

パトスがどういう方法にせよ空中を飛行しているからには加速度の問題がある。単純な泥の塊などではなく、構造強度の問題を考えればこうした特殊な素材こそ適切なのだろう。

しかし、どうして空中要塞を近代的な構造だけで作り上げず、こんな前近代的な構造も継ぎ足すのか桑原にはわからなかった。

何よりも通路をよく見ると、足跡と思(おぼ)しき痕跡が幾つも見られる。農村部の山道などで見かけるような泥の道の姿だ。

確かにこの通路の空間は、先ほどの広場に比べると湿度が高い。だからこれは単純な泥の山ではなく、それなりの技を駆使した構造物なのだろう。

しかし、一度でも泥の山と思ってしまうと、自分が地中に生息するミミズか昆虫のような気がしてくる。

「オリオン集団は、ミミズから進化したのか？」

桑原がつぶやくと、前を歩くオベロの背中にオリオン花子の姿が映った。

「ミミズとはどういう存在かはわかりませんが、オリオン集団は進化の過程が地球の人たちと異なるのですから、多分それには当たらないでしょう」

「君らには高度な技術があるのだから、こんな泥を塗った土壁のような通路ではなく、軽合金か何かで作り上げるほうがよくはないのか？」

「土壁を使うことと、高い技術を持つことは背反事象ではありませんが。それにそこの壁は土壁ではありません」

そして曲がりくねった通路を進むと、桑原は一つの部屋に案内された。土壁ではないというオリオン花子の話は嘘ではないようで、通路の壁の一部が突然開口部となり、部屋はそこにあった。

「パトスでの滞在中はこちらでお過ごしください。必要なものはオベロが運びます。室内の物資はご自由に扱ってください。猪狩さんの生活から判断して、そこにあるもので不自由はしないでしょう。不安があればできる範囲で対応します」

桑原が入室すると、天井の照明が点灯した。この部屋は天井部分に金属製の梁が走っており、そこから光が放たれている。

「それでは、また後ほど」

オリオン花子がそう言うと、オベロの背中の映像は消え、二人のオベロは外に出る。それと同時に開口部は再び壁となった。

桑原はそれを自動ドアの類かと思い、壁を触ってみるが、開口部も現れなければ、スイッチやドアノブの類も見当たらない。

仕方なしに桑原は自分に与えられた空間を探検する。結局これは幽閉ではないか。もっとも教育係を期待されているならば、必要な時には外に出られるだろう。そう腹を括るしかない。

桑原が与えられたのは、やはり泥壁の部屋だった。しかも床は瓢箪のような丸い部屋が二つ繋がった形状だ。パイラのような機械を製造した連中の住居とは思えない。

そして桑原が入口とは反対側に向かうと、急に壁が透明になる。ちらつきはなく、位置を変えると窓から見える光景も相応に変わる。どうやらこれは映像ではなく、本物の光景だ。

「これは……」

それは驚くべき光景だった。桑原の住居の窓からは巨大な空間が見えた。その空間は直径一〇〇メートルの球形だった。しかし球形であることは、視界を遮られて直接は確認できない。

パトスの外観を考えると、中央部の膨らみ部分がこの巨大な球形の空間であるらしい。桑原の部屋は、この球形空間を取り囲む壁の一角だった。

むろんあくまでも窓から見える前後左右の隣接する壁面の曲線具合から、そのように推測できただけだ。

窓からの視界を遮るのは、空間のほとんどを占拠する巨大な植物の塊だった。それを木というべきか草というべきか、桑原にも判断がつかない。そもそも植物と断言できるのかも自信はない。あくまでも桑原の地球での経験からすれば、それは植物に分類される。とはいえ植物としても、桑原が初めて目にする形状だった。彼が知る大木といえば、太く長い幹があり、そこから左右に枝が伸びるという構造だ。

しかし、目の前のそれは違う。葉と枝の違いはあるようだが、幹に当たるものが見えない。桑原のいる部屋の窓は、長さで一〇メートル、高さで三メートルはあるように思えるのだが、その大きな窓でも植物の全貌は把握できない。

強いてこれにもっとも近いものといえば、いばらの森だろうか。しかし、目の前のこの植物は直径一〇〇メートル近い球形の空間を立体的に埋めているのだ。

色も特殊だった。全体の色調は暗い緑がかった紫だが、窓からよく見ると、色の違う無数の斑点が表面を覆っている。それらの斑点は蝶の翅を連想させた。さらに色の違いは表面の質感の違いも関係するのか、角度によって色調が変化するように見えた。

こんな巨大な構造物が潰れもしないのは、何かで支えているのだろう。そう思うのは、植物の中からワイヤーのようなものが壁に向かって伸びているからだ。見える範囲でも数本のワイヤーがあるから、全体では相当数になるだろう。

しかも、さらに観察すると、この巨大な植物の中には幾つもの光が瞬いていた。光点は明るいものから暗いものまで無数にある。おそらく明るさの違いは桑原から見た距離の違いと思われた。

つまりこの巨大な植物の球体の中には、内部に光を供給するための設備も含まれていることになる。

考えてみれば当たり前で、植物なら光合成くらいするだろうし、内部の植物が枯れないためには光を送る手段も用意しなければなるまい。

しかし、外から見た大きさで判断すると、空中要塞パトスの容積の少なくない部分が、この植物に占拠されていることになる。

商船などでは、たまに植木鉢で花を育てるような乗員はいる。豪華客船では観葉植物が飾られることも珍しくない。

それでも船内の何割かを植物園にするという例は聞いたことがない。そんなことをするメリットがあるとも考えにくい。にもかかわらずオリオン集団がこの植物をパトスの中心部で育成しているのは、これが彼らにとって重要な存在であるからか？

桑原はしばらく、その植物を眺めていた。オリオン集団にとって重要な存在ならば、これを調べることで彼らの秘密が明らかになるかもしれない。そう考えたのである。とはいえ窓は嵌め殺しであり、植物に手を触れることもできない。結局は眺めることができるだけだ。猪狩は絵心があって、緻密なスケッチも残せるが、残念ながら桑原にはそこまでの絵心もない。できるのは記憶することだ。

そうして眺めていると、植物の中に動物がいることがわかってきた。考えてみれば、それも不思議ではない。樹液に惹かれて昆虫が集まるようなことは日常でも目にする。ただその動物の姿がわかるにつれ、桑原は悲鳴をあげそうになった。この植物の中で何体の動物が生活しているかはわからないが、それはどう見ても赤ん坊だ。木陰越しではあるが大きさも形態も赤ん坊だ。さすがに顔の作りまではわからないが、シルエットは人形だった。

赤ん坊が何をしているかはよくわからない。複数いるのは間違いなく、桑原はただそんな植物の中で蠢く赤ん坊を一時間は眺めていただろうか。

そうしている中で、桑原が見ている窓に近づいてきた個体がいる。それは植物の枝に顔を埋めているように見えた。顔を埋めながら、窓の方に位置をずらしてくる。

桑原はふと思いついて、窓を力一杯叩いた。音がすれば赤ん坊が反応すると思ったからだ。それでも窓の厚みのため、鈍い音しかしない。聞こえるか不安だったが、赤ん坊が顔をこちらに向けた。

「ふぇぇ」

桑原は我ながら呆れるような変な声を発してしまう。赤ん坊の顔は人間のものではなかった。目はあったが、耳には小さなレシーバーがつけられ、鼻はなく、人間なら口があるべき場所にあるのは口吻（こうふん）だった。

それは桑原など眼中にないかのように、再び植物の中に戻っていった。

「この植物で、オベロを繁殖させているのか」

桑原は考える。オベロがJu52を操縦したことを考えるなら、自動車の運転とか機械の操作もできるだろう。

だとするとこのパトスでも相当数のオベロが色々な作業に従事しているのは間違いない。

問題は赤ん坊の存在だ。

たとえば戦艦には一〇〇〇人からの人間が乗っているが、全員が成人男子である。学校教育を終えてきたものを乗せるとしても、戦艦内部に学校を開き子供を育てたりしない。

だがオベロに関する限り、パトス内で繁殖させる必要があるようだ。考えられる可能性は二つ。

パトス内のオベロの消耗が激しいため、不足分を補充する必要がある場合。もう一つは空中要塞パトスの役割とは、オリオン集団の拠点で必要とされるオベロの供給源である場合だ。

桑原の視点で、パトス内部の環境がオベロの寿命を削るほど過酷とも思えない。だからここでのオベロの損耗率が高いというのは考えにくい。

むしろパトスが兵站拠点の一つなら、地球におけるオベロの供給源と考えるほうが話はスッキリする。その場合、オリオン集団の活動を左右するのは、彼らの機械類を維持管理するオベロの数ということになる。オベロがいなければ、オリオン集団の文明は立ち行かなくなる可能性さえ考えられる。

「彼らの泣きどころは、オベロか？」

こうして桑原のパトスでの生活が始まった。パトスは巨大な人工空間であったため、時の流れを実感することは難しかった。球体の植物にしても、人工照明を常に与えられ、夜という状態がなかった。

それでも桑原の居室は壁の透過度により、夜は暗く、昼は明るくなった。

周期は二四時間と思われたが、パリの時間に合わせてある腕時計の時刻とは一致しない。

仮にパトス内の時間が、現在位置の昼夜を反映しているとすれば、時差はパリと二時間前後ということになる。ソ連領内でも概ねヨーロッパ側の何処(どこ)かとなるだろう。

食事はオベロが一日三回、スープと惣菜パンのようなものを運んでくる。オリオン集団の食文化が貧困なのか、地球人向けの食事を他に知らないのか、その辺はわからない。

驚くべきは風呂とトイレで、バスタブと思われる大きな金属容器はまだしも、トイレは蓋をしたバケツだった。

だが、ある時を境にそうした住環境は改善され、二体のオベロが工事を行い、洗面台や水洗便器が取り付けられた。さらにこの時から、食事も急変した。

スープと惣菜パンだった食事が、朝昼晩と変化し、内容もドイツ軍と同じようなものが出るようになった。ただし、メニューそのものは毎日変わらない。

ドイツ軍といっても陸軍の食事ではなく、海軍の、それも潜水艦乗りの食事に近い。生鮮野菜はなく、塩漬けキャベツや塩漬け肉が中心で、これに硬いビスケットにチーズとコーヒーがつく。チーズもコーヒーも桑原が食べた記憶があるもので、おそらくはすべてドイツから調達しているのだろう。

オリオン集団とカナリス部長の繋がりはわかっていたが、この食事と住環境の改善は、そのことと関係しているのだろう。ただそれが示しているのは、オリオン集団が過去に地球の人間を自分たちの基地内で生活させた経験がないことだ。そうした経験があれば桑原の住環境は最初から快適なものとなっていたはずだ。

「桑原さんの住環境は猪狩さんのおかげで改善できました」

そのことを教えてくれたのはオリオン李四とオリオン李芳の二人だった。ハンスとハンナは最初に会った時以来、姿を見かけることはなかった。桑原に四人を教育させるという話は方針転換されたらしい。

この二人は、翌朝から頻繁に桑原と生活を共にした。最初の頃はオベロの仕事だった食事の提供や汚物の回収も、いつの間にかこの二人の日課となっていた。

どうもオリオン李四とオリオン李芳の二人は、中国に派遣されることが決まっているようで、桑原とのやり取りは中国語で行われた。

オリオン花子は李四と李芳の教育を桑原に期待するようなことを言っていたが、桑原の中国語は日常会話ができる程度でしかない。

それに対してこの二人の話す中国語は、桑原よりも遥かに流暢だった。地方の方言がまったく感じられない点は、やや不自然な気がしないでもないが、それは些事であろう。

しかし、こうなると中国語に関して桑原が二人に教えることは何もない。

オリオン花子は、やはりほとんど姿を見せない。当人が現れないのは元より、テレビジョンによる映像でのやりとりも途絶えていた。

最初の頃はカナリス部長とのやりとりを、記憶を頼りにオリオン花子に説明していた。それさえも三回程度だ。彼女からは質問らしい質問もなく、こんな報告でいいのかと桑原も思ったが、やはり反応は薄かった。

桑原がカナリス部長とのやりとりを詳しく話したのは、オリオン花子の反応を読み取るためだったが、収穫はほとんどなかった。それどころか一部に嘘も混ぜていたのだが、それを指摘されることもない。ただ桑原の説明を聞くだけだ。そうしてオリオン花子の姿を見ることはなくなった。

これ以降は、オリオン李四とオリオン李芳の二人としか会っていない。そして彼らと行ったことも世間話とパトス内の散歩くらいだった。

散歩といっても、土壁でできたアリの巣のような構造物の中を歩く程度だ。桑原単独では扉が閉ざされたままの場所ばかりで、李四と李芳がいなければ移動できる範囲は限られる。

理由の一つには、パトス中央にある、あの巨大な植物に触れさせないためでもあるらしい。

「繊細な存在なので部外者とは接触させられません」

李四と李芳は、同時にそう説明した。桑原の方が教育係と言われていたが、何が教育なのかわからない。特に意識して教えたことなどないも同然だ。

そうして九月三日になり、彼はいきなり日本に戻されることとなった。綺麗に洗濯され、折り畳まれた海軍軍人の制服を着せられ、パイラよりも小さなピルスという飛行機に乗せられた。オリオン李四とオリオン李芳も同乗していたが、彼らがどこに何の目的で向かうのかの説明はなかった。

ピルスにより空中要塞パトスを飛び立った桑原は、近くを通過した別のピルスを目撃する。それは日本からソ連に向かうということだが、オリオン花子の映像はそれ以上の説明はしなかった。

そうして数時間の飛行ののち降ろされたのは、夜の東京だった。ピルスはどこかの空き地に着陸し、桑原は床に空いた穴から地面に降りる。

「きっとこれが必要になります」

オリオン李四はそう言うと、桑原に拳銃を手渡した。ルガーP08だが、かなり使い込んだものだった。ところどころに傷が見えた。

「それではごきげんさま」

オリオン李四とオリオン李芳がそう言うと床の穴は閉じて、ピルスは垂直に上昇し、すぐに見えなくなった。

桑原は道に出て、すぐに麴町界隈であることに気がつく。陸軍省などの比較的近くだ。

とりあえず駅に向かって歩いていると、三人の男が一人の男を囲んでいる。

「強盗だな」

桑原は現場に走ってゆく。拳銃が必要になるというのはこのことか。囲まれていた男はなかなかの傑物らしく、二人を追払い、一対一に持ち込んだ。

しかし、残った賊は拳銃を持っている。狙われている男は素手だ。桑原はルガー拳銃を構え、賊を撃つ。弾は賊の腕に当たり、そいつは逃げていった。

「大丈夫ですか！」

桑原は男に問う。

「いや、大丈夫です。しかし、あなたが偶然通り掛からなかったら、自分は死んでいたところです」

「いや、まぁ、偶然でもないんですけどね」

どうやら李四と李芳はこの騒ぎを予想していたとしか思えない。

「どういうことです？」

男は不審そうな表情で桑原を見る。確かに不審な状況なのは間違いない。

「それを説明すると、長くなる」

「せめて名前を」

「正義と真実の人、桑原茂一です」

2章　暗号のジレンマ

在モスクワ日本大使館に秋津俊雄なる天文学者が現れた九月三日は、東郷茂徳特命全権大使にとって、忘れられない多忙な一日であった。

予兆はその前日の二日にあった。暗号機の通信分析の中に、ソ連の外務人民委員であるヴャチェスラフ・ミハイロヴィチ・モロトフに宛てた「日本との関係改善が必要である」という通信文があったのだ。その通信の発信先は「？？？？」で表現されていたが、それはドイツ国防軍のカナリス情報部長とやり取りをしている相手と同一人物と思われた。

しかしながら、この通信にそこまでの緊急性はないと東郷は思っていた。重要な内容ではあるが、いますぐ自分たちが動くようなものではない。

その翌日の三日、日本からの訓電が届いた。国際学会に参加する天文学者の秋津俊雄を大使館として支援せよというものだ。

東郷にとっては寝耳に水の話である。国際学会はもちろん、秋津などという人物も知らなければ、彼がいつ現れるのかもわからなかった。

それが午後も遅くなって、モスクワの大使館にその秋津俊雄が現れた。

秋津は、大使館に時局研究会から派遣されている熊谷亮一(くまがいりょういち)を訪ねてきたが、大使としては「はい、そうですか」と通すわけにはいかない。パスポートやビザも完璧ではあるが、熊谷から聞いていた話によれば、秋津は日本にいるはずなのだ。

国際環境が緊張している昨今、シベリア鉄道を利用しても日本からモスクワまでは最短でも一〇日はかかる。秋津が一日で移動したというのでもなければ、目の前の人物は秋津を騙(かた)る偽者ということになる。

書類に不備がない以上、東郷も秋津を門前払いはできない。しかし、秋津と名乗る人物が本人であるという確信も抱けない。とりあえず大使館内の小部屋に案内し、そこで尋問を行うことにした。

ところが、そのタイミングでモロトフより会談の要請があったのだ。通常なら東郷も断るところだ。だが今回ばかりは深夜の会見を呼びかけるモロトフの要望に彼は応じた。これが暗号機の解読した、日本との関係改善の働きかけと判断してのことだ。

確かにモロトフとの会談内容は、日ソ間の友好というのは間違いではなかった。だが驚くべきことは別にある。ソ連もまた「五つの謎」というオリオン集団の一グループと接触を持っていたのだ。

ソ連の場合は電波通信のみであるようだが、重要なのは彼らが日本以上に地球外の存在を重視していることだった。どこまで本気かは不明だが、モロトフはヨーロッパの戦争を早期停戦に向かわせるためにヒトラー暗殺を仄めかすようなことまで口にしたのだ。翻ってみると、一連の国際学会や秋津の来訪も、ソ連がオリオン集団と接触する中で浮かび上がった構想らしい。

モロトフのもとを辞去するにあたり、彼は玄関まで東郷を見送った。この深夜の会談をソ連がどれほど重視していたのかが窺われる。オリオン集団との交流により、最終的にソ連が世界の中心になるとモロトフは口にした。

それは自分たちの優位を誇示したものであるのは確かだ。しかし、同時に彼らの弱さを含んでいることを東郷は理解していた。オリオン集団との接触を持っている今こそ、ソ連にとって国力を疲弊させる戦争は絶対に避けねばならない。

東郷らの分析によれば、小国フィンランドとの国境紛争でさえ、ソ連軍は勝つには勝ったが甚大な損害を被った。ドイツとの戦争となれば、国土の荒廃は避けられまい。それがソ連首脳の認識だろう。

さらに日本もアジア方面から侵攻を開始すれば、この戦争は勝敗はどうあれ長期戦となるのは明らかだ。

それは仲介者としてのオリオン集団の介入を恐れるモロトフらにとって、もっとも避けたい状況だ。だからこそ日ソ間の安全保障が重要となる。

オリオン集団の存在を前提とした時、世界大戦の中でソ連が局外中立であることの意味は計り知れない。荒廃した世界の中で、無傷のソ連がオリオン集団を迎えられるからだ。

そして東郷は外交官の勘として、モロトフがオリオン太郎の存在について幾ばくかの情報を持っていると感じていた。ソ連が日本軍の動向に神経を尖らせているならば、諜報活動の中でオリオン太郎の情報がひっかかっても不思議はない。

ただ電波信号だけのソ連に対して、日本はオリオン集団の高官と接触があるとなれば、交渉の上で有利なのは日本となる。

世界大戦でソ連と同様に日本もまた局外中立を貫いたなら、戦後の世界地図は日本中心になることだって起こり得る。

モロトフからみれば日本との友好関係には利益があり、少なくとも敵対関係にあってはならない。そう東郷は帰路の車中で思う。日本大使館の公用車をソ連の警察車両が先導する。こんな厚遇はかつてなかったことだ。それがモロトフからのメッセージであることを彼は理解していた。

しかし、東郷は先のことを考える。時局研究会に属さない限り、自分はこの交渉の担当者にはなれない。オリオン集団についての情報はほとんど送られてこないのだ。そして野村吉三郎外相も、この件については沈黙を守っている。ただ熊谷が送られてきただけだ。

東郷が大使館に戻った時には、すでに早朝というべき時間になっていた。

東郷は一等書記官らに任せるつもりだった秋津の尋問を自分が行うことに決めた。ことの重要さを考えるなら、この件を他人に委ねるわけにはいかない。

たださすがにこの日は疲れ切っていた。モロトフとの会談を終えたばかりで、秋津の尋問など行えるはずがない。彼が秋津と対面したのは、仮眠を取った後の九月四日の午前も遅い頃だ。

軽食程度は出されていたが、秋津は窓のない小部屋で放置されていた。しかし、東郷が入室した時には、秋津は持参したノートに何やら暗号のような文字列を書いていた。

「演算機のプログラムです」

秋津は言い訳をするように、そう言ってノートを畳む。

東郷も秋津の経歴は概ね把握している。本人も配偶者も富裕層の出身で、父親も高級官僚だ。

東郷自身は東京帝国大学の出身だが、京都帝大の友人知人も多い。だから世間話風に、大学の話を振ってみても、秋津はそれらに正しい答えをよこしてきた。

突然のことで驚いたが、冷静になってみれば、悩むような問題ではない。

秋津の真贋論争は、熊谷の証言を前提としている。その証言から移動時間の辻褄が合わないというだけの話だ。熊谷の勘違いであるなら、矛盾は解消するのだ。

自分と秋津の分のコーヒーを持ってこさせると、東郷はごく自然に本題に入った。

「で、君はどうやってモスクワまでやって来たのだね？」

「大使はオリオン太郎についてはご存じですか？」

「あぁ、報告は受けている」

東郷はそこは曖昧に答えた。

「それなら話が早い。あるいは報告でご存じかもしれませんが、オリオン太郎に専属で聞き取りを行うのが私の仕事でした」

この男の言うことに嘘はないだろう、東郷は直感した。秋津が特別正直者ということではなく、この男に隠し事は無理だと感じたからだ。

「それで、本日、こうして大使館にお邪魔したのですが、正直、私も今朝の今朝まで、モスクワに来ることになるとは思ってもいませんでしたよ」

東郷は秋津の言っている意味がわからなかった。

「半日で日本からモスクワに移動したというのか？」

「はい、そうです。オリオン集団の飛行機は音速の五倍の速度で飛行可能なんです」

そこから先の秋津の話は支離滅裂だった。音速の五倍で飛べる飛行機やら、オベロなる異形の搭乗員、テレビ映像でしか現れないオリオン花子という謎の女。

そんな体験をしながら、オリオン集団の超高速飛行機で近くの空き地まで送ってもらったというのだ。嘘を吐くとしても、もっとまともな嘘があるだろう。それが一般常識というものだ。

ただし東郷大使は、その一般常識が通じない出来事にこの半月ほどの間に幾つも遭遇している。熊谷とともに運ばれた暗号機、それが解読した諸外国の情報、さらに昨夜のモロトフとの会見などがそれだ。

五つの謎やオリオン集団の話を聞かされた今となっては、秋津の証言もまた戯言とはいえないのだ。

特に重要なのは、モロトフの証言だ。彼は科学者による国際的な枠組みが必要であり、国際学会の用意もあると語っていた。

そうした話と秋津の話は矛盾しない。それはそれで東郷にとっては当惑させられる話だ。何よりも東京からの訓電で、国際学会のために秋津に便宜を図れという命令が届いたばかりなのだ。しかし、それならば外務省は音速の五倍の速度の飛行機が存在することを認識しているのか？

「現実に私はこうしてモスクワにおります」

秋津の態度は、妙に東郷を苛立たせる。科学者である彼にすれば自分の証言と持参した書類で、自分が何者かを証明できたと信じているのだろう。その態度が不快なのだ。

「理解してもらえると思うが、君の証言は到底信じられる内容ではない。パスポートをはじめとして、書類は君の話を裏付けてはいるがね」

秋津が所持していた書類は完璧であり、専門家である大使館職員の目でも偽造には見えない。どう見ても本物だ。しかし、秋津の話が本当なら、紙に書いたパスポートなどオリオン集団なら簡単に複製できるだろうと東郷は思う。

だがそれは外交官として口にできない可能性だ。本物と識別不能な偽造パスポートが存在するとなれば、世界の入出国管理体制は深刻なダメージを受けるだろう。

パスポートの歴史は絶対王政時代に、臣民の移動を制限し、彼らを管理するために発明されたと言われる。しかし、今日的な意味でパスポートがヨーロッパで広く用いられるようになったのはフランス革命からだった。フランスは革命への干渉を恐れ、周辺国は革命の波及を恐れた。

理由は異なるにせよ、フランスとその周辺国は、自国にとって望ましくない人間の流入を阻止する手段が必要となり、そこに近代国家のパスポートが整備されていく。

だがそのパスポートが、識別不能なほどの複製技術により機能を失い、極端な話、地球外の存在でさえ「信頼できる国の人間」という証明書を持つことができるのだ。そうなればもはやパスポートは何の証明にもならない。

「こちらに熊谷亮一さんがおられるはずです。彼なら私が何者か証明できるはずです。面識がありますから」

「なるほど、ここで待っていたまえ」

東郷は部屋を出ると、壁一つ隔てた隣室に行く。そこからはマジックミラー越しに、一人で待っている秋津の姿が見えた。

「どうだね、彼は本当に秋津かね？」

東郷は、そこで今までの話の一部始終を聞いていた熊谷に確認する。

「私が知る限り、彼は秋津教授その人です。それほど面識があったわけではありませんが、まず間違い無いでしょう」

熊谷は秋津と名乗る人物が、本物の秋津教授であることに疑問を感じてはいないらしい。

「君は、この異常な状況に疑問は感じないのかね？」

「疑問はあります。しかし、外交官として、現実は現実として直視しなければならないと小職は考えます。


確かに従来の常識では説明がつかない事件が頻発しています。しかしながらオリオン集団の存在を認めるなら、すべて説明がつく。ならばこの現実は受け入れるよりないと考えます。


何よりも、本省からの訓電で秋津教授が到着することは、本日付ですが届いております。東京ではオリオン集団との接触が進んでいるということではないでしょうか？」

「我々はこの問題では蚊帳の外に置かれているということか」


結局、東郷の苛立ちの根本は、秋津の話ではない。自分たちに十分な情報が与えられぬまま、成果だけを求められている状況にあるのだ。彼はそのことに気がついた。

「なら、熊谷くん。秋津教授に会って話をしてくれ」

＊

「これが暗号機です」

熊谷は日本から自身が運んできた装置を秋津に見せた。時局研究会のメンバーである秋津にならば見せるべきと考えたためだ。

それに谷恵吉郎造兵中佐からも、秋津の名前は耳にしていた。それもあり熊谷は、今は自分しか使えない暗号機の運用に彼の力を借りようとしたのである。

「小型の演算機じゃないんですか？」

「これは暗号機ですが」

そう説明する熊谷を尻目に、秋津はテレタイプの前に座る。それがあまりにも自然なので、熊谷は制止する間もなかった。何より、秋津がこの装置に精通しているのが意外だった。暗号機に関われるのは外交官だけではなかったのか？

「まず演算機という汎用的な装置があり、その演算機に暗号機として稼働するようにプログラムが組んであるわけです」

「プログラム？」

熊谷が意味を取りかねていることに気がついたのか、秋津は説明する。

「谷造兵中佐は演算機を使うために、演算手順を定めたんです。単純な手順をいくつも組み合わせて、演算機を思い通りに操るわけです。最初は、谷さんも演算工程と呼んでいたのですが、最近ではプログラムと呼ぶようにしたんですよ」

秋津が素人にもわかるように気を遣って説明を続けてくれたのは熊谷にも理解できた。ただ「演算工程」とか「プログラム」という表現から彼が抱いたイメージは、おそらく秋津が伝えたかったものとはずれているのだろうとは思った。

「つまり演算機をプログラムにより、何というか洗脳して、暗号機と思い込ませるようなことなのかな？」

洗脳という表現が不適切という自覚は熊谷にもあったが、意外にも秋津は「まぁ、そんなものです」とそれを肯定した。間違っていないのは喜ばしいが、熊谷はプログラムなるものが却ってわからなくなってきた。

「私のところに送られて来たのは、この金属ケースが八個の演算機です。暗号機がケース三個なのは、暗号解読に特化しているからでしょう。言い換えるなら汎用性は多少犠牲になっている」

「そうなると日本全体では、暗号機あるいは演算機は幾つあるんでしょうか？」

外交官として熊谷はそれが気になった。つまりこうした装置に触れる人間が増えれば増えるほど、暗号機の秘密が外部に漏れやすくなる。

おそらくモスクワだけでなく、ワシントンやドイツにも同様の暗号機が置かれているかもしれない。また外務省には最低でも一つの暗号機がある。さらに谷が海軍の技術士官であるならば、海軍や、ことによると陸軍にもあるだろう。

そうなると問題の金属ケースの二〇や三〇は量産されていると考えねばなるまい。それだけ秘密は漏れやすい。

「それは谷さんでなければわかりませんが、演算機の開発のために民間技術者にも意見を聞いていたそうです。彼は日本全国に演算機を普及させて日本の技術水準を向上させたいようでした。彼が書いた文書には、そうした趣旨のことが記されていました。

ですから、あるいは一〇〇を超える数の演算機が存在しているかもしれません。金属ケース一つでも、独立した演算機として使えるようです。算盤（そろばん）やタイガー計算機を使う苦労を思えば、それだけでも驚異的な計算速度の向上になります、そう計算革命ですよ！」

「まぁ、共産革命よりはましですか」

それは熊谷の外交官的なジョークのつもりだったが、秋津には伝わらなかった。

それより秋津が「演算機の洗脳」を否定しなかったことで、熊谷はあることを思い出した。

「演算機に思考力はありますか？」

「思考能力ですか……」

秋津が興味を示したので、熊谷は数日前のドイツ国防軍カナリス情報部長に関する暗号の話をした。暗号機が特定の単語に反応するだけでなく、こちらの質問に対して返事をしたことについてだ。

「それは、こういうことですよ」と、秋津が明快な答えを示すことを熊谷は期待した。

だが、意外なことに秋津は、その話に考え込む。

「それを私に再現させていただけますか？」

暗号機の電源は作動させてから切っていない。そして暗号機の記憶装置の中には、まだ問題の暗号文は蓄積されていた。熊谷は暗号機の使い方を記した説明書を示しながら、秋津にテレタイプを触らせた。

秋津が説明書にはないような単語を打ち込むと、テレタイプは見たことがないような挙動を示す。用紙にはADDとかJMPとか、熊谷には理解不能な文字列が打ち出される。

ただ文字列が延々と続きそうなので、秋津はすぐにそれを中断した。

そして熊谷が行ったカナリス部長に関する暗号解読の手順を、正確に踏襲する。するとやはり同じ反応を暗号機は返してきた。

「やはり暗号機は、演算機に特殊なプログラムが内蔵されてます。打ち込んだ暗号文は電源が切れれば消えますが、暗号機として作動するプログラムだけは内部の特殊な記憶装置に書き込まれ、電源を入れればそれが最優先で稼働する構造のようです。

ただ新たなプログラムを書き込んで、起動時に暗号機としてではなく、汎用的な演算機とするのは可能です。

それで思考能力ですが、なかなか難しい話ですね。ある情報に関して、同じ反応を返すのは、その情報を理解しているからと解釈できます」

「それは暗号機が文章の意味を理解しているということですか？」

熊谷が一番知りたいのはそこだ。この機械は暗号を理解できるのか？　もっと言えば、その暗号に対して自分の判断で返答を送ることは可能か？

もしも機械が文章の意味を理解できるなら、内容に応じて返信を送ることも可能ではないのか？

熊谷がそう考えた理由は、秋津の突然の来訪にある。本当にそんな計画が進んでいたならば、事前にもっと情報があったはずだ。しかし、そんなものはなかった。秋津に関わることのすべてが唐突だった。

逆に秋津の来訪は、モロトフの昨夜の行動とは符合するところが多い。もしかすると暗号機は、五つの謎とモロトフの通信を解読し、自分の判断で秋津に対する訓電をテレタイプで打ち出したのではないか？　そんな突拍子もないことを熊谷は考えたのだ。

「意味を理解しているかというならば、理解してはいないでしょう」

そう言うと、秋津は暗号機に文字を打ち込んだ。それ自体は英語のやりとりだったが、日本語に直しても不思議な会話だ。

「今日は天気です」

秋津がそう打ち込むと暗号機は、

「今日は天気でしたか？」

そう返してきた。

「秋のモスクワは寒い」

それに対する暗号機の反応は、

「秋のモスクワは寒いですね」

というものだった。秋津はしばらく暗号機と向かい合ったが、返事はだいたいそんなものだった。熊谷は何が起きているのかわからなくなってきた。

秋津と暗号機は会話している。会話しているが、このやり取りは何かおかしい。単なるオウム返しと大差ない。しかし、会話そのものが破綻しているとも言えないのだ。

「暗号機は、無意味に見える文字列をプログラムが定めた処理の仕方によって、単語に翻訳し、文章として整えます。やっているのはそれだけです」

秋津は自分の胸ポケットから万年筆を取り出す。

「暗号機はペンという単語も知っているし、それに対応する暗号文を作ることもできる。しかし、ペンとは何であるのか、その意味は理解していないわけです。

暗号機が持っている辞書に『ペンは文字を書く道具』とルールが定められていたら、人人間の問いかけに『ペンは文字を書く道具』と打ち出すことも可能です。にもかかわらず暗号機は、ペンはもちろん、文字という存在も、書くという行為も、道具という概念も知らない。

それを知っているのは人間です。ペンも、文字も、書くも、道具もわかっている人間だけが、その意味を理解できる」

「暗号機は、文字や単語の処理の仕方を知っているだけで、意味を理解していないと？」

「そうなります」

「だとすると、あなたの処遇についての本国の指示は、暗号機が考えたものではなく、本当に日本からのものというわけですか」

「何かあったんですか？」

熊谷は、いままで誰も秋津の面倒を見ろという本国からの訓電が届いていることを彼に伝えていなかったことに気がついた。熊谷は差し障りのない範囲で、昨夜の東郷・モロトフ会談のことや本国からの訓電のことを秋津に説明した。

それを聞いた秋津は暗い顔になる。

「その暗号、本当に日本の外務省からのものなのですか？」

「どういう意味ですか？　それは、オリオン集団が暗号を偽造したと？　しかし、暗号機は谷造兵中佐が開発したのでは？」

秋津はうなずく。

「私のところに送られた演算機の資料は、谷造兵中佐が開発の試作段階から書き起こしていました。だからあの装置が彼の発明であるのは間違いありません。

オリオン集団の技術を元にして、ここまでのものを作り上げたのも間違いないところです。

だが、我々が作り上げられる程度の機械は、オリオン集団にも開発可能と考えるべきです。思い出したのですが、猪狩さんがカナリス情報部長と潜水艦で接触を持った時、オリオン集団がその場に現れました。

カナリス部長はドイツ軍の暗号が解読されたかもしれないと懸念していたという。あの時は猪狩さんもドイツ軍の暗号のみと解釈していました。

それはあの状況では当然だと私も思います。しかし、もっと考えるべきだったんですよ。ドイツ軍の暗号が解読できるなら、諸外国の暗号も解読可能だと」

「暗号が解読できるなら、偽の暗号も作成できると？」

外交官として、熊谷は愕然とした。いまのいままで暗号機により世界の暗号を日本が解読できるのだと思っていた。だが現実は、世界の暗号を解読していたのはオリオン集団だったのだ。

「状況を整理するとこうです。

日本は暗号機があるので、諸外国の暗号は解読できます。そして諸外国は日本の暗号は解読できません。

そしてオリオン集団には、暗号機以上の性能の暗号解読機があり、諸外国の暗号を解読できるだけでなく、日本の暗号も彼らには解読できるわけです」

「だが、オリオン集団の暗号は我々には解読できないのか」

熊谷はそう口にするが、秋津の視点はやや違っていた。

「カナリスやモロトフの情報がどこまで信頼できるかは疑問もありますが、彼らが我々の暗号機を知っている様子はない。だとすれば諸外国に対しては、我々の暗号の優位は確保できます。

オリオン集団が各国間の暗号問題に介入しようとしない限り、地球の上では我々の暗号の優位は確保できていると思います。オリオン太郎と話していての印象に過ぎませんが」

熊谷は外交官として、明らかに不自然な秋津に関する訓電が送られてきた理由が見えてきた。秋津は楽観しているが、状況から考えて、訓電がオリオン集団による偽物であることはまず間違いないだろう。

ただ、現状このことは確認できない。日本に訓電の真偽を問い合わせても、返答が日本の外務省によるものなのか、オリオン集団による偽物なのか、確認する術がない。

さらに厄介なのは、秋津に関する訓電が本物である可能性も捨てがたくあることだ。つまり日本政府が、ソ連やドイツのようにすでにオリオン集団と深いやりとりを交わしているなら、彼らが秋津を運んでくることを本省が訓電として発するのはあり得る。

日本政府が電波通信による交渉をソ連などと同様に行っており、秋津によるオリオン太郎ルート以外の窓口もあると考えるほうが自然なのかもしれない。

むろんこれとて憶測に過ぎない。一つ明らかなのは熊谷でさえオリオン集団については、その全体像を把握できていないということだ。

「ことの真相を確認するためにも、レニングラードに向かわねばなりませんな」

それが熊谷の結論だった。

モロトフの東郷への申し出が本気であったことは、すぐに明らかになった。熊谷は九月五日の今日、秋津とともにレニングラードへ向かうことになっていた。

だが彼らが出かける前に、在モスクワ日本大使館にアレクセイ・イワーノヴィチというソ連外務省の官吏が、早朝にもかかわらず秋津と熊谷を迎えにきたのだ。

年齢は三〇代くらいで、ソ連外務省の幹部クラスはほぼ把握している熊谷にも見覚えがなかった。もっとも粛清の影響か、若い官僚が抜擢されて高位に就くことは最近では珍しくは無いらしいが。

彼らなりの厚遇の印なのか、大使館前にはアメリカ製の大型乗用車が停まっている。大使館に現れたのはアレクセイだけで、あとは自動車に運転手らしいのが乗っている。

「レニングラードまであんたたちを案内するようにモロトフから言われました。よろしく」

アレクセイは敬語にぎこちなさが残るものの、流暢（りゅうちょう）な日本語で二人を車へと案内する。

「どこへ行くんだ？」

アレクセイに日本語が通じるためか、秋津が熊谷の頭越しに尋ねる。

「駅からレニングラードまで行って、そこからまた自動車でプルコヴォ天文台へ向かいます。今行けば今日中に着きますよ」

熊谷は、片言のロシア語でアレクセイの説明を確認する。モスクワとレニングラードの距離は六五〇キロはある。飛行機を使うならまだしも、鉄道で移動するなら車中で夜を明かし、到着は早くても明日の早朝になるはずだからだ。

しかし、それに対するアレクセイの説明は驚くべきものだった。

「専用の特急車両を用意します。我々が最優先です」

「専用車両を？」

「共産党の仕事ですから」

アレクセイはロシア語で熊谷にそう断言した。ただこの力の入れように、熊谷は疑問も感じている。現実にオリオン集団の飛行機を手に入れ、その技術水準を目の当たりにしている日独でさえ、政府はここまで真剣に対処してはいない。

それに対して、オリオン集団から電波通信を受けただけのソ連政府が、どうしてここまで真剣になれるのか？　時局研究会の資料では、オリオン集団はソ連にも飛行機を送りはしたが、乗員は殺され、バラバラにされた機体ごと埋められたという。

だから彼らが具体的な形で、オリオン集団の技術力を目の当たりにしたことはないだろう。どうやら熊谷の知らない、隠されたピースがどこかにあるようだ。

アレクセイは東郷全権大使にも挨拶と説明を行い、その上で秋津と熊谷を伴い、用意された車両で駅へと向かった。熊谷にとって意外だったのは、彼のレニングラード行きを東郷が認めたことだった。

熊谷と秋津以外に暗号機を操作できる人間はいないのだ。それでも二人を送り出したのは、本国からの命令には従うという大使の立場だけではないだろう。

熊谷が思うのは、東郷が暗号機を嫌っているということだ。外交官の重要な仕事である情報収集も、いまは機械による暗号解読で自動化されようとしている。外交官という仕事の中で、そうした人間臭さが失われる。それが東郷には認め難いのではないか。だから熊谷らがいなくなり、暗号機が使えない状況は、安息日のようなものかもしれなかった。

駅に着いた熊谷が驚いたのは、本当にレニングラード行きの特別列車が待っていたことだ。小編成の列車だが特別ダイヤであるのは疑いようもない。何しろプラットホームには関係者以外近づくこともできなかったからだ。そこには武装した駅員たちが周囲を威圧するように立っていた。

「この警戒は？」

「安全のためだよ」

熊谷の質問に、アレクセイはそれだけを答える。熊谷らが乗る車両の他に三両の客車が連結されている。ただし、それらは装甲列車とまでは言わないものの、窓は銃眼が施された鉄製の板が下ろされており、そこそこの戦闘力を示している。

さらに車両の出入口には歩哨が立っている。これらの車両に兵士が乗っているのは間違いないだろう。最低でも小隊規模の兵士と熊谷らは同行することになる。

正直、この兵士たちの存在はよくわからない。外交問題を考えないとしても、秋津や熊谷を逮捕するなら警官数人で済むし、そもそも駅に寄らずに警察に向かえばいいだけだ。それを考えるなら、この兵士たちは秋津や熊谷のために動員されたわけでもなさそうだ。とはいえ単純な部隊の移動でもない。しかし、アレクセイがその辺の事情を教えてくれるとも思えなかった。

列車は一両まるまる秋津と熊谷、アレクセイの三人の貸切状態であり、他はパーテーションで仕切られた向こう側に給仕などがいるだけだ。

「それでね、カードの負けが溜まってしまって、友人から借りて、やっと清算したんですよ。そんなことを繰り返していた学生時代ですかね」

アレクセイは、陽気な男であった。本来の目的とは関係ないことなら自分の失敗談さえ面白おかしく語ることができた。しかし、熊谷が尋ねることには、「着けばわかります」以上の説明はしようともしなかった。

モスクワからレニングラードまで、特別列車は給水と給炭のために停車した以外にはノンストップで進んだが、到着したのは夜になってからだった。すでに三人は車内で食事も済ませている。

列車はレニングラード駅で、兵士たちが乗っている車両と熊谷らの車両とに切り離された。

熊谷と秋津はアレクセイに案内されるままに、駅の外に待たせてあった乗用車に乗せられた。モスクワで乗ったアメリカ車ではなく、ベンツだった。独ソが蜜月時代に贈られたものではないかと熊谷は思った。ニュース映画でナチスの高官がこんな自動車に乗っていたからだ。

車内は熊谷と秋津が後部席、前席にはアレクセイと運転手の計四人が乗っている。しかし、ベンツはそのまま停車していた。

「しばらく待ってね。連れがいるから」

アレクセイが熊谷たちに振り返って言う。

「連れ?」

「すぐだよ」

熊谷の疑問には答えないまま、アレクセイは前に向き直る。そうして会話もないまま二〇分ほどが過ぎた頃、ライトを灯したトラック三両がベンツの横を通過した。

「では、行きましょう」

アレクセイがそう言うと、ベンツはトラックの車列を追尾するように動き出す。

「プルコヴォ天文台に向かうんじゃないのか？」

熊谷の抗議に、アレクセイはトラックを指さす。

「あのトラックもプルコヴォ天文台に行くんですよ」

その言葉に嘘はなかった。トラック三台に先導され、乗用車がついて行く形だ。それぞれが一定の距離を置いて前進する。

トラックは赤軍のものであり、おそらくそこにはモスクワからの兵士たちが乗っているのだろう。アレクセイは相変わらず安全のためと説明していた。

熊谷も最初は、モロトフが数十人の兵士を警護につけることで、ソ連側がこの問題を重視していることを示そうとしているのだと思っていた。

だがどうもその推測は違っていたらしい。トラックの兵士たちは、どう見ても熊谷たちを守っているようには見えない。彼らは別の任務のために天文台に向かっているようだ。

レニングラードを抜けると、あとは森林が広がっていた。こんなところに天文台などあるのだろうか？　秋津は落ち着いているが、熊谷は段々と不安になってきた。

そして森林が切れた時、自動車のライトに豪奢な建物の姿が浮かび上がる。

「ここか！」

最初は貴族の宮殿か何かと思われたその建物は、屋根の頂上に観測ドームが作られていた。ここここそがプルコヴォ天文台なのだ。

すでに連絡があったのか、天文台の前には職員らしい人間たちが待機していた。三両のトラックのうち、二両から兵士たちが降りてきた。分隊長らしい下士官が命じると、それらの兵士は小銃を持って天文台の要所を固め始めた。

ただ、プルコヴォ天文台を警護するならレニングラードの部隊を用いればいいだけの話で、どうしてわざわざモスクワから移動させたのかはよくわからない。

「さぁ、我々も」

アレクセイに促され、熊谷と秋津も外に出る。彼らの元に駆け寄ってくる三〇歳前後と思われる職員に秋津は手を振った。

「ヴィクトル・アンバルツミャン！」

それが秋津が熊谷に話していた、人工衛星の情報をもたらしたソ連の天文学者らしい。

「彼は外務省の熊谷さんです」

ヴィクトルと秋津の共通語は英語らしい。彼らは熊谷をそっちのけで、ＩＡＵ(International Astronomical Union：国際天文学連合）がどうしたこうしたという話を始めている。

アレクセイはアレクセイでトラックの兵士たちに近づき、天文台職員らとともに何かを打ち合わせていた。

一〇名ほどの兵士が残り一両のトラックの幌を開くと、中から次々と箱のようなものを降ろし始めた。

「嘘だろ……」

熊谷はそのトラックに向かって駆け出していた。兵士たちが降ろしている箱は、大使館にある暗号機に他ならなかったからだ。

「これは、何だ！」

興奮気味の熊谷の姿に、アレクセイは肉食獣を思わせる笑みを浮かべる。

「やはり日本はご存じでしたか。そうです、暗号機あるいは演算機です」

熊谷は、日本が暗号機を保有していることを知られるという、大きな失態を犯したことにハッとした。だが彼はすぐに相手の情報を聞き出すことで、失地回復しようとする。

「どこで製造しているんだ？」

熊谷は最初は、日本の暗号機を彼らが何らかの方法で手に入れたと考えた。しかし、どうもそうではないらしい。表面にキリル文字で番号が刻まれているだけでなく、日本製だとしたら数が多すぎる。表面の番号を信じるなら、全部で二七基になるようだ。

熊谷の視線の動きで、アレクセイは彼が何を問題としているかを読み取ったらしい。

「ツポレフ設計局が開発した演算機からの派生です」

「収容所で発明されたというのか？」

大粛清の影響で多くの科学者や技術者が逮捕されたが、アンドレイ・ニコラエヴィッチ・ツポレフもその一人だった。ただ彼は航空技術者として高い評価を受け、設計局も立ち上げている人物だった。

ソ連政府もそうした人間を、単なる囚人として扱うような無駄なことはせず、科学者や技術者ばかりを集めた収容所を作り、そこで研究開発を行わせている。それが熊谷の認識だった。

「ツポレフとそのチームの発明なのは間違いありません。航空機の設計には複雑怪奇な計算が必要です。翼周りの空気の流れを数値計算するなど、気が遠くなる計算量が必要だ。その問題を解決するために、彼らは数値アルゴリズム演算機を完成させたのです」

熊谷は何が何だかわからなくなった。中身を見たわけではないが、少なくとも外から見た限りではこの金属製の箱は暗号機のそれと同じである。同時期にソ連もまた、日本の暗号機や演算機と同一の装置を開発したというのか？

これらすべてが実はオリオン集団の機械であり、それを各国政府が受け取っている。この状況を自然に説明するならこれだろう。自分たちが今こうしてプルコヴォ天文台に来る羽目になったのも、オリオン集団の存在があってのことだ。

しかし、昨日の秋津の話などから判断すると、少なくとも日本の暗号機は海軍の谷造兵中佐が開発した機械であるのは間違いないらしい。だからオリオン集団から提供された機械の可能性はない。

一方、トラックから運ばれてゆく金属の箱は、やはり演算機もしくは暗号機にしか見えない。

日本の暗号機の開発が比較的最近であることを考えるなら、ソ連が日本より暗号機の情報を密かに手に入れたとしても、こんな短期間に量産できるとは思えない。これは外見こそ単なる金属の箱だが、内部は精密な機械なのだ。

さらに問題なのは、秋津の話によれば、暗号機の元となった演算機には演算工程とかプログラムというものが必要だという。つまり演算機を日本から盗んだとしても、プログラムの技術がなければ利用することはできない。

「貴国ではいつからこの暗号機を使っているのか？」

「まぁ、夏頃からですよ」

熊谷の質問にアレクセイは曖昧な返答を返す。夏といっても数ヶ月の幅があるが、アレクセイの話が本当なら、日本の演算機もソ連の演算機も同時並行的に誕生したことになる。

熊谷はここで、我に返る。彼は日本の演算機と目の前の装置類が同一のものと比較できるが、アレクセイはどうなのか？　彼は日本にも自分たちと類似の機械があることは推測しているとしても、ほぼ同一の機械であることまでは知らないのではないか。

そうであるなら、まだ自分のほうが優位な立場で交渉ができるかもしれない。しかし、そんな計算は秋津が簡単に覆した。

「熊谷さん、いまヴィクトルとも話したんですけど、どういうわけか日ソともに同じ構造原理の演算機をほぼ同時に開発していたらしい。

これはどういうことなんでしょうね？」

秋津の言葉に、熊谷もアレクセイも互いに自国の科学者の顔をまじまじと見る。こいつらは国家の機密をなんだと思っているのか！　その憤りだけは、熊谷もアレクセイと共有できる気がした。

アレクセイはヴィクトル・アンバルツミャンと秋津が呼んでいた若い科学者に対して、いままでの温和な外交官の仮面をかなぐり捨てて、詰問調に何かをまくしたてる。ロシア語が理解できる熊谷にもなかなか聞き取れない。どうも日本人にどうして演算機の話をしたのかと詰問しているようだった。

それに対してヴィクトルも猛然と反論する。熊谷はそれが意外だった。粛清が現在進行形で行われているソ連社会で、当局に抗議する人間がいるとは思わなかったためだ。ただヴィクじっさいアレクセイも、ヴィクトルから抗議されると何も言えないでいた。ただモロトフが何らかの形トルの興奮気味のロシア語は熊谷にはなおさら聞き取れない。ただモロトフが何らかの形で関わっており、アレクセイの沈黙もそれに無関係ではないようだ。

「では、君が好きなようにやりたまえ。しかし、私は警告はしたからな。それを忘れるな！」

アレクセイは熊谷らがいることも無視して、その場を立ち去りはしたが、帰宅するわけでもなく、そのまま演算機を運び込んでいる兵士たちに合流した。

「プルコヴォ天文台長のアレキサンドル・ドイチェです」

アレクセイとヴィクトルの口論が終わった頃に、初老の男性が熊谷らのもとに現れ、そう自己紹介した。

「大丈夫なのですか？」

そんな熊谷に、アレキサンドル天文台長は社交的な笑みを返す。

「アレクセイ君ですか？　まぁ、彼がここのやり方に怒るのは無理もない。いままで彼が信じていたゲームのルールが通用しないのですからな。

ともかく彼が何者であれ、モロトフ同志には逆らえない。それは私もヴィーカも違いませんがね」

どういう状況なのかは判然としないが、このプルコヴォ天文台は共産党か、少なくともモロトフの強い庇護下にあるらしい。天文台の管轄は内務人民委員のはずだが、地球外人との交渉ということならば、外務人民委員のモロトフ外相の管轄というのはわからなくはない。

だがそうであるとすれば、ソ連は日本やドイツなどよりも、オリオン集団との交渉では一歩先んじていることになる。一国の外相が直接交渉のために動いているのはソ連だけだ。

熊谷と秋津はアレキサンドル・ドイチェにより施設内に招かれる。案内されたのは大きな部屋で、食堂か実験室を改装したのだろう。そこにはいま運び込まれたものを含めて六〇個以上の演算機があった。一部は稼働しており、いま届いたものと組み合わせて、巨大な一つの演算機になるらしい。

「ソ連邦全体にある演算機の九割は、皆さんの目の前にある。それだけ貴重な機械です。ここまで輸送するのに一個小隊の護衛をつけたほどです」

演算機を興味深そうに触っていた秋津は、ヴィクトルとも言葉を交わしながら、手帳に何かを記していた。

そうして熊谷に近づいた時に小声で言う。

「我々は根本的な間違いをしていたようです」

「間違い？」

秋津は熊谷に、声を出すなと目くばせする。

「演算機をツポレフや谷造兵中佐が開発したのは嘘ではないでしょう。だが、彼らの知識はオリオン集団から与えられたものである可能性が高い。さもなくば命令語まで同じはずがありません。

つまりソ連とドイツ、そして日本の国家機関の一部とオリオン集団は密かに接触があったはずです。オリオン太郎の来訪も、彼らにとっては接触の第二段階だった可能性さえありえます」

「俺たちは、オリオン太郎よりも前に、人間に騙されていたわけか」

熊谷はそれでも不思議と平静でいられた。そんなのは外交の世界では日常茶飯事のことだから。

3章　第四艦隊

　臨時編成された第四艦隊が戦艦金剛を旗艦として横須賀を出港したのは、昭和一五年九月二一日の早朝のことであった。戦艦、空母など艦艇が一九隻、さらにタンカーや潜水艦をはじめとする補助艦船三隻を含む、総勢二二隻を擁する堂々たる艦隊であった。

　ただし出動命令が急なものであったために、横須賀を出港した時点では艦隊の編成は完結しておらず、各軍港などを出港した艦艇と順次合流する予定であった。

　また艦隊で唯一の潜水艦であるとともに最新鋭の伊号第九潜水艦は、艦隊本隊とは合流せず、前衛として活動することとなっていた。

　全艦艇が合流したのは二二日の午後、足摺(あしずり)岬の沖合であった。合流した時点での第四艦隊は、旗艦である戦艦金剛と比叡よりなる第三戦隊、これに空母部隊として空母飛龍および蒼龍の第二航空戦隊と、同戦隊付属の第二三駆逐隊の駆逐艦三隻。

これらの主力艦部隊を護衛する、軽巡阿武隈と第六および第一七駆逐隊の駆逐艦七隻よりなる第一水雷戦隊。さらに火力支援のために妙高型重巡洋艦三隻による第五戦隊があった。

この他に支援任務のりおん丸、慶洋丸、加茂川丸の三隻のタンカーがあったが、この三隻は艦隊より一〇キロほど離れて航行していた。運動性能の違いから、軽快な運動ができないタンカーは安全のために距離を置く必要があるためだ。

「編成の完結を確認」

参謀長である岸福司少将からの報告を、片桐英吉司令長官は羅針艦橋より受けていた。編成の完結とは、要するに全艦艇が集結したということであり、ここから先、第四艦隊は前進するよりないということでもある。

「首席参謀、いまさらな話だが、その猪狩周一なる人物の証言は信用できるのかね？」

片桐司令長官は首席参謀である武園義徳中佐に尋ねる。その質問にどこまで意味があるのか、片桐自身も確信はない。猪狩の話が真実だろうが嘘八百だろうが、すでに艦隊は多額の国費を費やしながら編成され、こうして作戦に従事しているのだ。いい加減な根拠で艦隊が動いたなら、それこそ大問題だ。

それでも片桐が司令長官としてこんな質問をするのは、昨今の政治状況のためだ。強力内閣を志向し、海相や軍令部総長の人事に介入したのは記憶に新しい。こうして海軍は非戦派で固め、陸相もこの点で意見の一致をみていた。

陸軍参謀総長の杉山元陸軍大将については、必ずしも非戦派ではないものの、対ソ戦略の上から日英米開戦については反対の立場であった。アメリカからの鉄と石油なしで、ソ連との戦争はできないというわけだ。

こうして政府や大本営は対英米戦争には否定的であったが、それに反発する勢力は依然として強い。そうした生臭い政治状況の中に、オリオン太郎とかオリオン集団なる地球の外からやってきた勢力がいるのいないのという話がでてきた。艦隊を動かすにあたって、純粋な軍事作戦と言われても、色々と勘ぐってしまうのはむしろ自然なことと思うのだ。

「彼はブレーントラストがあったころから、元禄通商の人間として、海軍のために働いてくれた人間です。京都帝大を卒業した俊英で、海外事情にも精通しております。

海軍が出師準備を進めるにあたり、彼の働きによって、タングステンやニッケルをはじめとする多くの重要資源を本邦は確保することに成功しております。この一事をもってしても彼が信用に足る人物であるのは間違いありません」

「そんな人物なら、一度会ってみたかったな」

片桐の言葉の幾分かは武園に対する皮肉である。艦艇司令部人事の規則によれば、第四艦隊司令部に猪狩のような民間人を傭人として迎え入れることは十分可能だ。

しかし、かつてのブレーントラスト、いまは総力戦研究所となっているが、そこに属する武園は猪狩を艦隊司令部に招こうとはしなかった。猪狩が日本に戻ったばかりで、オリオン集団について彼から話を訊かねばならないというのが主たる理由だ。

それはわからないでもない。だが十分な情報もないのに拙速に艦隊を派遣したという意味にもとれる。片桐はそのことを改めて武園に確認する。

「命令となれば小職は拒む立場にはない。しかし、十分な情報もないままに艦隊を指揮するとして、十分な結果を出せるという確信は持てんな」

問題の一つはそこにもある。軍令部総長と海相の命令により第四艦隊は編成され、自分はその司令長官となった。準備期間の短さは異例のことだ。そして武園は首席参謀ながら、政府や大本営海軍部の代弁者的な立場にある。

現役海軍軍人の武園はさすがに指揮権の混乱を招くようなことはせず、あくまでも片桐の命令に服する立場を守っているが、彼の存在が片桐の判断に掣肘（せいちゅう）を加えるのもまた事実だった。

「それは自分も十分感じております。ただ、猪狩を日本から出せない理由は事情聴取以外にもあるんです」

「というと？」

「猪狩はオリオン太郎との交渉役になっております。このため日本からは動けないのです」

「元禄通商の人間が交渉役だと？　商売でも始めようというのかね？」

「臨時の政府職員となっておりますので、その関係です」

武園は、短くそう説明する。しかし、それは片桐の疑念を増やすだけだった。

「首席参謀はオリオン太郎との面識があると聞いておるが、なぜ貴官ではなく、猪狩なのだね？　貴官が首席参謀で心強いのは確かだが、どう考えても現役軍人の方が、民間人より交渉役に向いていると思うのだがね」

武園はそれに対して、無念そうな表情でこう述べた。

「オリオン太郎が猪狩を指名したのです」

片桐司令長官には、それは意外な理由だった。オリオン太郎が何者であれ、そんな要求を日本政府に飲ませられるとは、奴はどれだけの力を持っているのか？

「オリオン太郎とはどんな人物なのだ？　拠点の場所は彼から直接聞き出せないのかね？」

それに対して武園は言葉を選ぶかのように、こう述べた。

「どうもオリオン太郎は、彼らの社会における大将クラスの高官であるようです。つまり彼は彼なりに、自分たちの仲間に不利益になるような質問には一言も答えません」

「敵ながら天晴れなやつだ」

それに対して武園は強い口調で異議を唱えた。

「長官、オリオン太郎はまだ敵とは決まっておりません。むしろいかに彼らを帝国の味方とするか、それが重要です」

「なるほど、敵と決めつけるのは早計か」

偵察任務と言いながらも、片桐司令長官はこの第四艦隊の目的が見えた気がした。おそらく必要に応じて外交交渉的な作業も織り込まれているのだろう。

だからオリオン太郎は猪狩に委ね、海軍軍人である武園は自分たちと行動を共にする。

今ひとつ腑に落ちなかった武園首席参謀の存在が、片桐にはやっと飲み込めた。

「ところで正直なところどうなのだ、総力戦研究所は艦隊の安全をどう判断している？第四艦隊に何かあった場合、帝国が被る損失は馬鹿にならん。国際環境が緊張しているいま、駆逐艦一隻といえども戦力を無駄にはできん。それはわかっているのだろうな？」

武園はその質問を予想していたのだろう、落ち着いた態度でそれに答える。

「オリオン集団は実は海戦に関する経験が不足し、彼らの兵器体系には問題がある。それが我々の現時点での分析です」

「問題があるとは？」

片桐には司令長官として蔑ろにできない点だ。

「いままでオリオン集団は戦闘機は機銃で撃墜し、軍艦は滑空爆弾で撃沈している。だが、彼らの兵器体系にはこの二つしか確認されていません。そして彼らはオリオン太郎を除けば、みんな射殺されている。

そして何より重要なのは、オリオン集団は彼らの航空機からしか攻撃を仕掛けていません。潜水艦の活動は認められておりますが、それに戦闘力があるという証拠はない」

「つまり敵の航空戦力を封じることさえできるなら、艦隊は安全ということか。しかし、どうするつもりだ？」

「金剛と比叡の主砲は射撃照準用電探が装備されています。敵航空機を発見したら、この射撃照準用電探で主砲弾を撃ち込めば、敵機を接近させることはできなくなります」

「あの近代改装工事というのはそれだったのか」

日本海軍の大型軍艦は定期的に整備を行うが、金剛と比叡は同時期に横須賀で、近代改装が行われていた。第四艦隊司令長官を命じられるまで、片桐中将も「最新鋭の電波探信儀が装備される」との話を耳にしただけだ。それだけ第四艦隊の編成が急だったということだ。

武園によると射撃用電探の技術的課題は角度分解能にあったという。電波は光より波長が長いので、遠距離だと苗頭(びょうとう)が悪くなる。だが技研は演算機という特殊な計算装置を用いることで、電探の反射波にフーリエ変換などの信号処理を施し、電探射撃が可能な精度を実現したのだという。

これは諸外国でも前例のない最新技術であるため、海軍内でも存在を知っている人間はごくわずかだという。今回の調査任務がなかったなら、片桐といえども報されなかった最高機密だ。

「それでオリオン集団の拠点は絞り込めているのか？　南洋諸島とのことだったが？」

「猪狩はオリオン集団に幽閉されていた間に、そこがどこであるのか綿密に分析しておりました。

具体的な手順は省きますが、猪狩の証言に合致するのは、おそらくはウルシー環礁と思われます。海軍も一時、泊地に使えるかどうか研究したことがある場所です。

生憎(あいにく)と、浚渫(しゅんせつ)などの作業をしなければ大規模な艦隊の運用は困難であるため、調査は短期間に終わっています」

「我々はそこに拠点を建設されたというわけか。灯台下暗しだな」

ウルシー環礁については、片桐も名前程度は知っている。武園は浚渫が必要だから基地化しなかったと説明したが、それは間違いではないものの正確ではない。

ウルシー環礁が放置されたのは、日本海軍にとってさほど価値がなかったからだ。日本海海戦からこっち、来航する敵艦隊を近海で迎え撃つというのが日本海軍の一貫した作戦方針だ。

委任統治領の存在や、軍艦や航空機の発達から、迎え撃つ海域は小笠原諸島からマリアナ諸島まで前進したが、敵を待ち受け、一度の艦隊決戦で雌雄を決するという方針は変わっていない。

そうした日本海軍にとってみれば、ウルシー環礁を整備する価値は、開発が進んでいる他の委任統治領よりも優先順位は低い。

「現在位置からウルシー環礁まで約二六〇〇キロ、現在の速力を維持するなら、二五日から二六日には現地に到着することになります」

＊

第四艦隊主力に先行すること約三〇〇キロ。伊号第九潜水艦は浮上した状態で航行していた。

「哨戒長、もらうぞ」

司令塔で哨戒直に就いていた航海長の中村直三大尉に、潜水艦長の藤井明義中佐が声を掛ける。

藤井の「もらうぞ」とは、哨戒長が持っている指揮権を潜水艦長である自分に返してもらうという意味だ。藤井潜水艦長も、通常の哨戒直では哨戒長に指揮権を委ねるのである。

「何かありましたか？」

「いや、特にない。まぁ、風に当たりたくなった、そんなところだ」

指揮権は潜水艦長に戻したものの、中村航海長はそのまま司令塔に残っていた。藤井もそれに対して、特に何も言わない。

平穏な海上を移動していても、物見遊山をしているわけではない。司令塔の将兵はそれぞれが決められた方位を監視している。中村は藤井とは反対方向を見る。

中村の視界の中には否応なく、後部甲板に固定されている特殊潜航艇である甲標的の姿が見える。出撃に際して大急ぎで載せられたものだ。このため艦内電話も繋がっておらず、甲標的と伊号潜水艦はハッチを閉めたらもう連絡手段はない。

中村が先ほどまで哨戒長として見ていたのは前方だが、そこには前甲板のカタパルトがある。そこからは小型水上偵察機が発進する。

つまり、いまこの潜水艦は特殊潜航艇と偵察機の母艦でもあるのだ。偵察任務を担うこの艦は、それだけ重責を負っているわけだ。

「先任、君はこの任務をどう思う」

「どうと言いますと？」

中村は、藤井に背中を向けたままで答える。いまは二人とも見張り役が優先される。

「我々は何を見つけ出せばいいんだ？」

「理解できないものじゃないですか」

それは中村が反射的に口にした言葉だったが、藤井潜水艦長には、的確に思われたらしい。

「確かに、我々は理解できないものこそ探さねばならんな」

藤井の感心する有様に、中村はむしろ戸惑っていた。それは、言うまでもなく作戦の目的について明確な説明がないためだ。

おそらく藤井潜水艦長も同じだろう。なにしろ訓練中の伊号第九潜水艦に第四艦隊に編組するという命令が下ったことで、訓練を中断し、甲標的が搭載され、本隊に先んじてウルシー環礁に向かっているのだ。

オリオン集団についての知識は、命令を実行するための最小限度のものであったが、潜水艦の戦闘幹部数人に口頭で伝えられただけだ。

説明に来たのは、艦隊司令部の首席参謀である武園という中佐だったが、一方的に説明と命令を伝えただけで、こちらの質問は受け付けようとはしなかった。おそらく潜水艦にいたのは一〇分程度だっただろうか。

武園の説明により状況はむしろわからなくなった。オリオン集団について「地球の外からやってきた高い軍事技術を持った集団」と言われ、「オリオン集団の拠点の偵察」が自分たちの任務と言われても、それで明確なイメージを抱けるほうが不思議だろう。

だから藤井潜水艦長の自分への質問も、彼なりの不安のためではないかと中村は思った。自分は部下として不安を藤井に打ち明けられるが、指揮官としての彼は部下に弱みは見せられない。「この任務をどう思う？」と尋ねるのが彼にできるギリギリの線なのだ。

「必要なら、一戦まじえることになりますかね」

中村の関心はそこにある。オリオン集団が何であるにせよ、アメリカでもなければイギリスでもない。艦隊司令部の説明を素直に解釈すれば、オリオン集団とは匪賊(ひぞく)のような国家に属さない武装集団だろう。だとすれば、自分たちが行おうとしているのは、委任統治領での警察行動に近いわけだ。

「だから色々積み込んでいるんだろう」

藤井は振り向かないまま、そう言った。

伊号第九潜水艦は日本海軍では甲型に分類される。これは潜水艦部隊を指揮する旗艦機能を有する型で、潜水艦としては強力な通信機能を持ち、さらに艦内には組み立て式の水上偵察機さえ搭載している。

もっとも、甲型や旗艦機能を持たない乙型のような、最新鋭の伊号潜水艦の数はまだ十分ではなく、今回の任務で伊号第九潜水艦が選ばれたのは、旗艦機能よりも水上偵察機の搭載能力を期待されてのことだった。

今回の任務に関して、潜水艦搭載の小型偵察機は非力すぎるのではないかという意見もあった。戦闘機でさえ全滅させられたのだ。フロート付きの低速の複座機が生還できるのか？という疑問である。

しかし、海軍上層部はここまでの分析により、オリオン集団の武器の特性から、小型偵察機には効果的な攻撃ができないと結論していた。その分析が間違っていたとしても、艦隊はオリオン集団についての新たな情報を得ることができる。

じっさいのところ水偵に乗り込む荒川淳一（あらかわじゅんいち）大尉と高井戸（たかいど）健三（けんぞう）航空兵曹には、それほどの悲壮感はない。それは艦隊司令部から彼らになされたオリオン集団への説明が、およそ十分と言える水準ではなかったせいもある。

しかし、それ以上に大きかったのは、艦隊決戦が起きた時に、敵を求めて飛び立つのが彼ら二人であったためだ。現実に艦隊決戦の現場に飛び立てば生還は期し難い。

それを考えたなら、オリオン集団の偵察など危険で元々、攻撃されなければ儲けものというのが二人の考えだった。

彼らが自分たちの任務をそこまで悲壮に思っていなかったのは、伊号第九潜水艦には、急遽装備された新兵器が積まれていたためでもある。潜水艦の後甲板に載せられたそれは特殊潜航艇、一般には正体を悟られないように甲標的と呼ばれていたものだ。

これもまた艦隊決戦時に敵艦隊に対して展開され、肉薄雷撃を行うという兵器である。この甲標的には岩田（いわた）徳一（とくいち）大尉と山下光一（やましたこういち）大尉、さらに佐木平蔵（さきへいぞう）一曹の三人が乗り込む。

小型水偵はまだ運用が明確だが、甲標的は違っていた。岩田大尉らには必要があればウルシー環礁に密かに侵入し、可能なら上陸するという任務が期待されていた。

これがため本来は二人乗りの甲標的に、今回は三人が乗り込む。岩田と佐木は潜航艇の運用と維持にあたり、山下は必要なら小型無線機を持参し、島に上陸することとなっていた。

もともと外洋で艦隊戦を行うはずの甲標的には、泊地侵入など想定されていない。上陸にしても、何をどう展開するのか、訓練さえも行われていなかった。

ある意味で、小型水偵による偵察以上に危険な任務だ。しかし、三人の士気は高い。実績のない甲標的の有用性を証明するチャンスであると、彼らが考えていたためだ。

こうした戦力の存在に、藤井潜水艦長も必要なら戦闘を避けず、また勝利の可能性も信じていた。偵察機はまだしも、甲標的の存在をオリオン集団は知らない。

そうであるなら彼らには甲標的への備えはない。そこに勝機があるというのが、藤井潜水艦長の計算であり、拠り所だったのである。

「甲標的の性能はどれほどのものなのだ？」

ウルシー環礁への航行中に、藤井潜水艦長は、岩田大尉と中村航海長の三人で、具体的な襲撃計画を練った。

「一九ノットの最高速力で航行できるのは五〇分です。この場合の移動距離は概ね三〇キロ。

ただし、これは艦隊決戦時に想定された性能であり、今回の作戦であれば六ノットで八〇浬（約一四〇キロ）、つまり活動時間は一三時間です」

岩田が説明すると、藤井と中村は顔を見合わせる。甲標的は海軍でも最高機密であるだけに、潜水艦乗りの藤井や中村であっても性能はおろか存在さえ知らされていなかった。そんなものがあるという噂を耳にする程度だ。

だから甲標的の運用に関して具体的な策を考えることも、こうして岩田と話し合うまでできなかったのだ。

「貴官らが自力で本艦に戻るとして活動範囲は最大で四〇浬、本艦が迎えに赴けば活動範囲はもっと広がるな」

中村は航海長として、手前の紙に図示した。

「ウルシー環礁の水深は浅いため、潜航状態の伊号潜水艦が活動するのは座礁の危険があります」

「その情報は確かなのか？」

藤井潜水艦長が中村に確認した。

「正直、ウルシー環礁についての調査は十分とは言えません。ただ一般論として環礁が浅深度であるのは間違いないでしょう。あるいは潜水艦の活動を可能とする領域はあるかもしれませんが、今現在それを確認する時間はありません」

「となれば、我々が岩田艇長に確約できるのは、環礁の入口までか」

三人の口は重くなる。一番厄介なのは、環礁内部での伊号潜水艦の行動が保障できないことだ。

「わかった。我々は必要があれば、浮上してでも貴官らを救出に向かう。だから貴官らもくれぐれも短慮は慎んでくれ」

藤井潜水艦長の真意は中村にはよくわかった。生還を優先しろ。命を捨てるような作戦じゃない。

＊

横須賀を出港し、足摺岬で艦隊の編成を完結してから三日となった九月二四日。

「ウルシー環礁には、明日の今頃には到着か」

片桐司令長官は、戦艦金剛の羅針艦橋にある時計をみる。それは日本時間で一六〇〇であることを示している。目標となる環礁は緯度は違えど経度はほぼ日本と同じであり、時差はほとんどない。

ここまでの航程で特に異変らしい異変もない。ラジオ放送は受信できたが、ニュースだけでは国内情勢もはっきりわからない。

彼らが日本を発つ前には、すでに臨時議会である第七六回帝国議会が召集されていた。

ラジオでは結果しか放送していなかったが、新体制運動が大きな争点となっているらしく、議論は相変わらず不明確だった。

ともかく既存政党などが解党し、議員は政党に所属していないはずなのに、早くも党派が作られているらしい。そもそも法案審議などをすべき帝国議会であるはずが、ラジオから流れてくるのは政局ばかりだ。

新体制運動は米内内閣を強力内閣とすべきものであったらしい。しかし、ラジオ放送を聞く限り、議会の勢力では反米内派も強いようで、果たして強力内閣が可能なのか、疑問を感じるものであった。

もちろん日本にいたならば、海軍高官の片桐にももっと情報は入っていただろうが、作戦活動中ではラジオ以上のことはわからない。

さすがに部下には言わないが、片桐は自分たちが作戦を終えて生還したとき、違う政府に出迎えられることも覚悟していた。

そんなことを考えていた時、戦艦金剛の艦長である西村祥治（にしむらしょうじ）大佐にどこからか電話が入る。内容はわからないものの、緊張感は伝わってきた。

「長官、電探室からです。未確認の飛行物体を一機確認したとのことです。本艦から見て南東方向、距離は五四浬（約一〇〇キロメートル）、現在、速度を分析しています」

「未確認の飛行物体だと……」

片桐はその表現に困惑する。艦隊の現在位置から近い既知の航空基地は、米領のグアムと日本の委任統治領であるパラオだ。前者は艦隊から七〇〇キロ、後者は九三〇キロ離れている。

艦隊から見て、グアムは概ね東側、パラオは西側に位置する。だから電探が捕捉した航空機はグアムの米軍機である可能性が高い。ならば未確認の飛行物体ではなく、国籍不明機と言えばいいのだ。

だが、電探室からの電話が未確認の飛行物体という不自然な表現を用いた理由はすぐにわかった。

「物体の速度がわかりました。現在、五四浬の距離を維持したまま、時速一四ノット（約二六キロ）で艦隊と並進しています」

西村艦長からの報告に、片桐はそれが尋常な物体ではないことをやっと理解した。これが一四〇ノットで接近中とでもいうなら、電探室も国籍不明機と報告しただろう。

しかし、時速一四ノットなどという自動車よりも遅い速度で飛行する航空機などない。ならば未確認の飛行物体と表現するよりない。

「どうします、司令長官？」

参謀長の岸少将は、武園首席参謀を一瞥しつつ、指示を仰ぐ。選択肢は幾つかある。一つは現状のまま何もしないというものだ。しかし、調査任務という観点では何もしないという選択肢はない。

そうなると艦船による調査は時間がかかりすぎるから、飛行機による調査となろう。問題はどの飛行機で行うか？

第四艦隊には飛龍と蒼龍の二隻の空母が存在する。しかし、片桐司令長官は、ここでは空母艦載機は出さないことにする。偵察に三座機の艦攻を飛ばすのは常識的な判断だ。だが現時点で自分たちの部隊に空母が含まれていることは、片桐としては伏せておきたかった。

第四艦隊が臨時編成部隊であり、その陣容は公にされていないのも、オリオン集団に気取られないためと聞く。ならば空母の存在はギリギリまで知られないようにするのが、現状での作戦の柔軟性を確保する上で重要だろう。

そうなると戦艦搭載の水上偵察機を飛ばすという結論になる。戦艦金剛は零式水上偵察機が搭載されている。三座機の優秀な偵察機であり性能には問題はない。

偵察機そのものは第五戦隊の重巡や僚艦の戦艦比叡にも搭載されているが、中継などの煩雑さのない旗艦の水上偵察機が適当だろう。

「金剛の水偵を出し、未確認の飛行物体を確認させよ」

命令に従い、金剛のカタパルトより双フロートの水上偵察機が射出された。

＊

金剛から打ち出された零式水上偵察機は、前から操縦員、偵察員、電信員の順に配置に就いていた。真ん中の偵察席に就いている早瀬康隆一等航空兵曹は大忙しであった。ランドマークのない海洋で現在位置を把握し、方位などを確認しなければならない。正確な航法ができなければ、対象と接触できても位置がわからず、それだけで偵察は失敗だ。

早瀬はだから天測を行い、計器から速度や方位を確認し、九七式偏流測定器により機体がどれだけ風に流されるか計測し、位置計算の参考とする。

もっとも仮に現在位置を見失っても、対応策は無くはない。自分たちがどこにいるかは金剛の電探が監視しているから、そちらに問い合わせることはできる。

電探の支援を受けないとしても、金剛から帰還用の電波送信をしてもらうことも可能だが、隠密行動が求められる偵察飛行で、ここまでされては失敗も同じだ。

じっさいにはここまでの失態はまずない。なぜなら操縦員もまた、自分の飛行機の方位や位置に神経を注いでいるからだ。操縦員も航法員も機位を見失うようなら、学校からやり直しだ。

機体の針路を確認しつつ、早瀬は問題の飛行物体との接触時期と位置をおおよそ割り出していた。物体の動きに変化がなければ、三〇分以内に機体前方に現れるはずだった。

このため早瀬は早くから偵察用カメラも準備していた。未確認の飛行物体の写真を撮影するためだ。もっとも偵察用カメラは地上や海上の部隊を撮影するためのものであり、こうした任務での使用は考えられていない。

連続写真撮影可能なカメラであるが、重量は四キロあり、両手で保持しなければ扱えない代物だった。

「前方より黒点一！　接近中！」

最初にそれを発見したのは、操縦員で機長の金井（かない）直大（まさる）中尉だった。伝声管から飛び込んできた声に早瀬は前方を見直す。計算よりも五分は早い。もっとも、相手が最初に観測されていた速度よりも毎時二四〇キロほど増速すれば不可能ではない。そしてそれは普通の飛行機の速度である。最初の自動車並みの速度よりもずっと飛行機らしい。

早瀬は黒点の段階から、数枚の写真を撮影する。連写間隔はわかっているから、被写体の大きさの変化から速度を正確に割り出すためだ。

「なんだありゃ」

金井は無口な男だったが、そんな人間からの呟きが伝声管から聞こえた。

確かにそれは、早瀬が想像していた飛行機の姿とは違っていた。自動車並みの速度と聞いて、米軍の偵察用の飛行船を考えていた。グアム基地から哨戒任務で飛ばしているような状況だ。

しかし、それは飛行船ではなかった。空飛ぶ座布団、物体の形状を一言でいえばそうなる。幅で二〇メートル、長さで三〇メートルになるだろうか。

座布団の四隅に当たる部分には短い翼が生えている。早瀬はふと、蝦蟇(がま)の姿を連想した。

「速い！」

早瀬は連写でその座布団のような機体の姿を撮影する。色は灰色に見えたが、所属を示す国旗や記号の類(たぐい)は見当たらなかった。プロペラはなく、その代わりかすかに陽炎(かげろう)のようなものが見えた気がした。陽炎が暖気によるものなら、何らかのエンジンはあるのだろう。

しかし、プロペラがないにもかかわらず物体は飛行しており、そして速度は明らかに急上昇している。少し前まで前方の点だったものは、急激に大きさを増し、形状がわかったと思った瞬間、零式水上偵察機の横を飛びすぎ、後方に移動していた。

そして、このもっとも接近した時の写真撮影に早瀬は失敗した。飛行物体が通過した時、機体が激しく揺れ、カメラの保持ができなかったためだ。

細長い陸攻などと異なり、この座布団のような飛行物体は容積があり、それが高速で通過したのだ。零式水上偵察機は通過した時の気流で危うく操縦を失いかけたが、金井機長は何とか姿勢を回復した。

自分たちの接近が影響を及ぼしたことに驚いたのか、飛行物体は水偵の五〇〇メートル後方を、距離を維持しながら飛行していた。

水偵の速度はこの時、時速にして一五〇ノット（約二七八キロ）であったから飛行物体も同じ速度であっただろう。

相対速度差がなくなったことで、早瀬偵察員は今度は慎重に写真撮影を行った。自分たちが写真に撮られているとわかったためだろうか。飛行物体は一気に速度をあげて水偵に横並びになったかと思うと、そのまま同じ速度を維持した。

早瀬はその写真を撮影する。機体は外から判断する限り、上下二段の構造と思われた。その理由は、機体前方に三つに並んだ丸窓が上下に確認できたためだ。下の階と上の階の窓だろう。機体後方に窓はない。

飛行物体にはプロペラはなく、推進機らしいものは見当たらなかった。無論それで推力を維持できるはずもない。

ただ、写真機を通して早瀬は、飛行物体のピント調整に難儀していた。冷静にカメラを操作しているつもりだったが、思った以上に焦っていたらしい。ピントが合わないのは、実は自分が震えていたのだ。

飛行物体は、そこから高度を下げ、上面を撮影させてくれた。ただ表面は滑らかな曲面を描いているだけで、機銃などの武装を疑わせるものはない。それは先程の側面からの観察でも同様だ。

さらに飛行物体は水偵の直上に遷移し、機体下部を観察させた。武器の類はなかったが、左右の縁にそれぞれ等間隔に並んだ瘤のようなものが見られた。用途はわからないが、位置的に着陸脚の類ではないかと早瀬は思った。

飛行物体は再度動き出す。今度は機体後方を撮影させるのかと思ったが、それはなく、そのまま急上昇し、瞬く間に天上の点となった。

彼らが後方を撮影させなかった理由が早瀬にはやっとわかった。先程のように、あの飛行物体の噴射を直接浴びれば、零式水偵など木っ端微塵になってしまうからではないか。

それを証明するように、飛行物体の先端部周辺に白い傘のようなものが生まれて消える。そしてしばらくしてドンッという衝撃波が水偵に届いた。

何が起きたのか、それは早瀬にもわからない。ただわかるのは、そこに恐ろしいほどのエネルギーが集中したということだった。

そして同じ頃、戦艦金剛の電探は物体が急激に離れていったことを確認していた。電探の画面で光点の動きを観察していた電測員の計算では、物体は明らかに音速を超えていた。

＊

九月二四日二〇〇〇。潜水艦は潜航するという性質から、世界中どこにいても艦内は日本時間で動く。しかし、経度が日本とほぼ同じであるために、現地時間でも艦内時間でも、日本時間と変わらない。なので伊号第九潜水艦の周囲は夜の帷に覆われていた。

第四艦隊の姿もここからは見えない。完全な灯火管制が行われているはずなので、水平線の彼方に朧げな光を見つけることもできないだろう。

藤井潜水艦長は、司令塔で潜水艦の指揮を直接とっていた。艦内は戦闘編制にはまだ切り替えておらず、平時編制のままではあるが、それでも事態の変化に即応できる準備を彼は命じていた。

理由は言うまでもなく、四時間前の出来事だ。第四艦隊の本隊に一〇〇キロ近くまで接近した未確認飛行物体があったという。早速、零式水上偵察機を問題の物体まで接近させたというものだ。

飛行物体は水偵に対して写真撮影をさせると、電探の計測によれば音速を超える速度で飛び去ったという。

飛行物体には目視でわかる範囲で武装はなく、そのため攻撃を仕掛けてくることもなかった。また、第四艦隊の本隊にはそれ以上接近しようとはしなかった。

この未確認飛行物体は第四艦隊の存在を知っていたのではないか。そう判断されたのは、水偵が接触する前に艦隊と一定の距離を維持しながら、同じ速度で移動していたからだ。

それ自体は必ずしも不思議な話ではないだろう。金剛は電探で相手を察知したわけだが、飛行物体の側も電探を搭載していれば、艦隊の存在を把握できただろう。

そう考えると、金剛から水偵を飛ばしたことは、間違いではないと思うものの、第四艦隊もまた電探を保有していることを知られた点はマイナスかもしれない。明日にはウルシー環礁に到達しようかというときに、こちらの能力はできるだけ伏せておきたいからだ。

「オリオン集団は、我々を恐れているのでしょうか？」

天測航法のためとの口実をつけて、司令塔に登ってきた中村航海長が藤井に意見を求めた。彼もまた落ち着かないのだろう。

「恐れている？　なぜそう考えるんだ？」

藤井潜水艦長には中村の考えが興味深かった。どちらかといえば、恐れているのは自分たちではないか。それは、彼らが一撃で戦艦を沈めたような相手だからではない。彼らが未知の存在であるからだ。

　そうした藤井の視点からすれば、オリオン集団こそ自分たちを恐れているという考えに興味があったのだ。

「彼らには戦艦や空母を簡単に撃破する力がある。誰もがそのことを前提に考えている。ですが、オリオン集団はどうしていきなり空母や戦艦を攻撃し、駆逐艦を見逃したのか？　通商破壊戦さえしていない。伊六一潜は撃沈されましたが、あれにしても予告付きです」

「航海長はどう解釈しているのだ？」

「オリオン集団にとって、戦艦や空母を一撃で沈めた爆弾は、我々の酸素魚雷以上に高価な兵器だったのでは？　つまり主力艦を撃沈できる兵器を持っているというよりも、無駄にできないので主力艦相手にしか使えないとすればどうでしょう？」

　藤井潜水艦長は、航海長の説に目から鱗が落ちる思いがした。日本海軍は酸素魚雷という、諸外国の海軍にはない画期的な速力と航続力を持つ魚雷を開発していた。

　しかし、艦隊決戦用に開発されたこの魚雷は通常の魚雷より構造が複雑であり、扱いも難しく、何より高価だった。

　だから潜水艦の発射管すべてに酸素魚雷を装塡して攻撃できるのは、戦艦か空母という暗黙の了解があった。全門発射で酸素魚雷が撃てるのは、そうした主力艦だけだ。

　巡洋艦でも二本程度、商船などは一本しか使えないのが実情だ。

　同様の事情がオリオン集団にもあるというのが、中村の仮説だ。

「彼らが力を誇示して、こちらの戦闘意欲を削ぐことを目的とするなら、貴重な高性能爆弾で攻撃できるのは戦艦や空母などの大型軍艦だけです。戦艦が沈められたことで、我々は海軍力の行使に慎重にならざるを得ず、軍事活動に掣肘を加えられるわけです」

「しかし、航海長、ならばどうして伊六一潜は攻撃されたのだ。潜水艦は小艦艇であるし、しかもあの伊六一潜ははっきり言って老朽艦だ」

「それはわかりませんが、予告したということは、潜水艦のような小艦艇でも一撃で沈められるという精密爆撃の技術を誇示したかったのでは？」

「なるほどな」

　藤井潜水艦長は、中村航海長の視点は面白いと思ったが、肝心の説明を受けていないことに気がついた。

「それで航海長、連中が我々を恐れているという根拠は？」

「潜艦長は、本艦一隻で四艦隊と戦えますか？」

　中村の質問に藤井は得心がいった。中村が言うのはこういうことだ。酸素魚雷は画期的な性能でも、それが数本しかない中で大規模な艦隊と戦うかという話だ。もしもオリオン集団が、戦艦を撃沈できる特殊爆弾を除けば機銃しか所有していないのなら、艦隊に対して有効な戦力を持っていないということになる。

「その水偵に接触した未確認飛行物体に武装はなかったというのが事実なら、オリオン集団は航空機技術では優秀であるとしても、軍用機として設計されてはいないのでしょう。どんなに優秀な飛行機でも、偵察機や輸送機では四艦隊と対峙できないのでは？」

「なるほどな」

藤井が中村の仮説に納得できたのは、自分たちに与えられたのは限られた情報なのだろうが、オリオン集団の戦術に素人くささを感じていたからだ。

例えば爆撃機は護衛戦闘機なしで、単独で現れているが、イギリスでは戦闘機の体当たりで撃墜されている。またドイツなどでは飛行場で搭乗員がそのまま射殺されたという。どうも兵器の性能に頼り過ぎて、運用技術が稚拙に思えるのだ。オリオン集団が何者なのか、それについての詳しい説明はない。首席参謀の武園は知っているらしいが、開示するつもりはないらしい。

むろん噂レベルでは火星人の類という荒唐無稽なものから、何かの秘密結社という意見もある。ただ一つ明らかなのは、高い技術を持っていても、彼らは軍人ではなく、したがって作戦では素人ということだ。

艦隊を発見しながらも直接の接近が図れないというのは、少ない戦力でどう対峙するかを決めあぐねているのではないか。藤井潜水艦長はそう考えた。

しかし現実は、彼の予想とは違った展開を示し始めた。

中村とそんな話をしているとき、聴音員が伝声管で報告してきた。

「潜艦長、来てください、妙です」

聴音員は伊藤徳一兵曹であった。経験を積み、腕は確かだ。そんな古参の彼は「妙です」などという曖昧な報告はしたことがない。正確に、事実と推測をはっきりと分けて報告するのが常であった。

藤井は司令塔から艦内に入り、聴音室に走る。発令所から艦首方向に進み、士官室を抜け、前部兵員室の右舷前方にある小さな区画が聴音室だ。藤井潜水艦長が現れると、伊藤兵曹は聴音機のレシーバーを渡す。

「なんだ、これは？」

レシーバーから聞こえてきたのは、不明瞭だが人間の声のようであり、それも日本語らしい。何を言っているかははっきりしないが、日本語のイントネーションで何か言っている。

「方位は？」

「左舷四五度です、先ほどからずっと。感度の変化はありませんから、接近も後退もしていません」

伊藤の言葉の意味するところを咀嚼(そしゃく)するのに、藤井は若干の時間が必要だった。聴音機が捕捉するということは、音源は水中にある。それが同じ角度で聞こえるというのは、音源は左舷四五度の位置関係を維持しながら航行していることになる。

これはとんでもない話だった。人間の声については不問にするとしても、浮上して一四ノットで航行している伊号潜水艦と同じ速度で音源は移動している。

水中をバッテリーで航行しなければならない潜水艦で、そんな高速を出せるものはない。最大でも一〇ノットが限界だし、それにしても一時間も航行はできない。

水中を一四ノットで航行するには、相当の馬力が必要なはずだ。だがレシーバーから聞こえるのは人の言葉だけで、スクリュー音やエンジン音は聞こえない。こんな現象はあり得ない。

数少ない例外としては伊号第九潜水艦がいま搭載しているような特殊潜航艇があるが、これとて推進機音が聞こえないなどあり得ない。

だが、不明瞭だった日本語が不意に聞き取れた。藤井には、それはカメラのピントが合うかのような印象を受けた。

「……浮き上がる……」

藤井潜水艦長は、レシーバーを聴音員に返すと、部下たちに命じた。

「探照灯を用意だ！　聴音員はこのまま監視を続けてくれ」

藤井潜水艦長は再び司令塔に上がると、艦内に収納されていた三〇センチ探照灯を据え付ける。

潜水艦が自ら探照灯で周辺を照らすなどあるまじき行為である。しかし、藤井は躊躇わなかった。左舷四五度の方向に探照灯の光が走る。

藤井がこの時思っていたのは、海面が白く泡立ち、通常の潜水艦が海面に姿を現すような状況だ。

だが、そうではなかった。海水タンクからの排水も圧縮空気の放出もないまま、一キロほど先の海面が盛り上がったかと思ったら、そのまま鯨のようなものが海面に姿を現した。不思議なことに潜水艦にならあるべき司令塔がない。

探照灯が浮かび上がらせた物体の大きさは一〇〇メートル以上あり、海面下の部分も加味すれば、全長は一五〇メートルを超えるだろう。それは先端から探照灯のような光を水中に走らせた。伊号潜水艦を直接照らすことなく、その手前を斜めに横切っていた。

藤井は海中を走る光の筋に背筋が凍った。浮上した物体は、艦首部を伊号潜水艦に向けていた。光は真っ直ぐ伊号潜水艦の未来位置を走っている。

この位置関係は潜水艦乗りなら誰もが知っている。移動する船舶に雷撃を行う場合の、潜水艦と標的艦の配置だ。仮にいま浮上した物体が魚雷を放ったなら、航行中の伊号潜水艦は確実に撃沈されるだろう。

「これが奴らの潜水艦か」

伊号第九潜水艦が活動音を察知した物体は、やはり潜水艦であった。ただし藤井が知る限り、形状も大きさも日本海軍のみならず、世界のどの海軍の潜水艦とも違っていた。

潜水艦はときに鉄鯨などと鯨のようにイメージされるが、実際の形状は両者でかなり違う。そもそも潜水艦とは「潜航することも可能な船」というのが現実で、大半の時間を浮上して過ごしている。

だから一般的な船舶の形状をかなりとどめており、司令塔も水上航行の必要から設けられている。

だが藤井が目にしているオリオン集団の仲間らしい潜水艦は、船舶の面影がない点で、より鯨に近い形状だった。つまり彼らの潜水艦は常に潜航しているのだ。

ここで藤井潜水艦長は先ほどの中村航海長との話を思い出していた。果たしてこの浮上してきた潜水艦に魚雷は搭載されているのか？　雷撃を誇示したいなら、発射管注水音を使うという手もある。

にもかかわらず自分たちの存在を誇示するように、水中に光を放つというのはどういうことなのか。

「聴音員、潜水艦は何か言っていないか？」

それに対する伊藤兵曹の返答は、「何もない」だった。潜水艦は無音状態を貫きつつ、伊号潜水艦との距離を維持している。

水中に走る光の筋は消え、代わりに潜水艦の舷側に一〇個の光点が並んだ。自分たちの位置を示しているのだろう。

伊号より一回り大きな潜水艦は、そのまま概ね一キロの距離を置いて、並進を始めた。

藤井は司令塔から直接指示を出すことにして、中村航海長を艦内に戻らせた。あと数時間後に夜が明けて、昼頃にはウルシー環礁に到着する。

それまで約半日、この潜水艦はどうするつもりなのか？　攻撃の意図はないだろうと藤井は考えた。魚雷が搭載されていないとしても、伊号潜水艦を奇襲攻撃するチャンスはいくらでもあった。極端な話、頑強な構造なら体当たりという方法もある。

ならば彼らに攻撃の意図はないのか？　そこは判断が難しい。接触の中で威嚇はされているのだ。したがって「攻撃意図がない」と結論するのも危険な気がした。

正直、藤井潜水艦長も今回の任務にはあまり気乗りしていなかった。ウルシー環礁の偵察に、空母や戦艦を含む大艦隊が必要なのかと。だが今は違う。力を持つオリオン集団の技術もさることながら、彼らの行動原理がまったく読めない。正体不明の存在。そんな相手を調査するとなれば、なるほど第四艦隊レベルの備えは必要なのかもしれない。

「潜艦長、問題です」

発令所の中村が、伝声管で藤井を呼び出す。

「問題とは何か？」

「岩田艇長が出撃を求めています。甲標的で敵潜に向かうと」

岩田は艇長として甲標的の能力を確かめたいと何度も口にしていた。泊地攻撃より外洋での雷撃こそ得意な兵器だ。だからこその発言だろう。しかし、もちろん許可できるわけがない。

「岩田に言っておけ、あれは敵潜ではない！　無闇にこちらから攻撃するわけにはいかんのだ！」

そして、思いついて付け加える。

「それと、一時の激情で死に急ごうとするな！　とな」

4章　それぞれの帰還

「おい、名前はわかるか？」

どこかで見たことがあるような男が、顔を覗かせて尋ねる。どうやら自分は横になっているようだと、猪狩は思った。

「猪狩周一」

口がよく回らないと思った。それでも自分が何者かはわかる。

「それならばだ、今日は何日だ？」

男が重ねて問いかける。猪狩は少し状況が見えてきた。自分は、小綺麗な山荘の居間に敷かれた布団の上にいる。掛け布団はなく、着衣のまま横たわっている。

「昭和一五年九月三日だと思う」

自分に質問をしてきた男は、後ろにいる白衣の男と何か話している。多分、医者なのだと思うが、自分に質問をしている背広姿の男はわからない。見覚えはあるのだが。

「正解だ、今日は九月三日だ」

猪狩はほっとしたが、そこで色々なことが一気に思い出されてきた。満洲でオリオン花子に助けられ、南洋諸島らしい島に連れてゆかれて、そこで一ヶ月近く幽閉された。そして彼らが用いるピルスという飛行機に乗せられ、神奈川県のどこかの海岸にある別荘のようなところに連れてこられた。

別荘の上空でピルスの床に丸い開口部が現れ、そこにカゴのようなものが見えた。オリオン花子の声が、そのカゴに乗り込むように言った。こんな華奢(きゃしゃ)なカゴに乗れるかと猪狩は抵抗し、そこでどこからか現れた二体のオベロに取り押さえられた。彼の記憶はそこまでだ。

「ここは……あの海岸の別荘なのか？」

「海岸というより絶壁だが、上空からはそう見えるのかもしれんな」

その時、猪狩は目の前の男の名前を思い出した。

「武園中佐か！」

「やっと思い出してくれたか」

「自分はどうして……」

起きあがろうとする猪狩に、武園はそのままでいろと手で示す。

「この屋敷の上空に飛行物体が現れた。そこからカゴに乗った君が降ろされ、代わりに秋津が乗り込んだ。

君は鎮静剤を処方されていたらしく、地面に降りたらそのまま倒れたんだ」

「武園中佐が自分をここに？」

武園は首を振る。

「オリオン太郎だ。あれが君を担いでここに横にしたんだ。飛行機の話は、奴の証言だ」

オリオン太郎という名前に猪狩は、彼らの拠点で紹介された男のことを思い出す。そしてあの時に、自分は日本に戻されると言われたことを思い出す。あれは真実であったのだろう。

「オリオン太郎は？」

「庭で餡パンを食ってる。秋津がいなくなったので、自分との交渉役は君に頼みたいそうだ。大使館ができたら、実務を担って欲しいとな」

「大使館ってなんだ？」

「説明してやるから、とりあえず寝ろ。面倒な話を聞けるほど、まだ回復しとらんだろ」

反論しようとした猪狩だったが、武園の言い分が正しかった。猪狩は再び眠りに落ちた。

目覚めた時は、すでに夜になっていた。豆電球の薄暗い灯りの中で、そこが昼間に目覚めた時とは別の部屋だとわかった。三畳間ほどの小さな和室で、寝巻きに着替えさせられ、布団に寝ていた。枕元には着衣が畳んで置かれている。ただしピルスに持ち込んだ私物の袋はなかった。

起き上がってみると、オリオン花子の鎮静剤の影響か、少しばかり関節が痛い。それでも服に着替えて部屋を出る。外には椅子に腰掛けた水兵がいた。

「おい、勝手に出歩くな。課長を呼ぶから待っていろ」

水兵は廊下を進んで、少し先の引き戸を開ける。すると武園が飛ぶように現れた。

「課長になったのか？」

猪狩の記憶では、武園は海軍軍令部第四部特務班の所属だったはずだ。

「いまは総力戦研究所対外調査部一課長だ。まぁ、軍令部にも席はあるがな。

それより、少し話せるか？」

「あぁ、大丈夫だ。話しておかねばならんことが幾らでもあるんだ」

そして猪狩は気がつく。

「オリオン太郎は？　大使館がどうのと聞いた気がするが？」

「奴なら居間でクリームパンを食べてるさ」

「なら、自分はまだあの家の中か？」

「動かさずに安静にと医者がいうからな。廊下で長話もできん。ともかく俺の部屋に来い」

　廊下を歩きながら猪狩は、ピルスからみた地上の屋敷のことを思い出していた。それはかなり大きな屋敷であった。

　金持ちが海辺に建てた別荘という趣だった。海が見える側が居間ならば、あの時の記憶が正しいとすると、山側に面した奥座敷の方を歩いているのか。

　武園に入るように促されたのは、小さな図書館を思わせる書斎であった。書庫には蔵書はなく、武園が持ち込んだらしい紙袋が置かれていた。中身は書類なのか、どれも数センチの厚さがあり、日付とか項目が鉛筆で書かれていた。紙袋には「オリオン太郎　弐」とか「伊号第六一潜水艦」などと記されている。

　しかし、猪狩の目を引いたのは武園の机の上に載っているものだった。そこには猪狩の私物の入った袋と、彼が記録をつけていたノートがあった。

「悪いが中身は見せてもらった。まぁ、この状況だ、わかるだろ」

猪狩もそれは認めざるを得ない。満洲で行方不明になった男が空から降りてきたのだ。出入国手続きさえできておらず、それだけで逮捕されても仕方がない。時局が緊迫している昨今、スパイ容疑で逮捕されても文句は言えない。理不尽な話ではあるが、猪狩の体験は他人がすんなり信じられるようなものではない。

「出国審査も、入国審査も通っていないんだ。自分が武園さんでもそうしただろう」

猪狩がそう言うと、武園は机の上のパスポートを彼に手渡す。

「お前は昨日、満洲を出国して、今朝、入国したことになっている。検印がちゃんとある。でも、お前はオリオン集団の飛行機で運ばれてきた。

精巧な偽札も作れると豪語するオリオン集団なら、入管の判子(はんこ)くらい朝飯前だろう。少なくとも軍人の自分には偽造には見えん。そもそもどこまでが偽造かがわからん。判子に留まるのか、それともこのパスポートそのものがか？」

猪狩はパスポートを手に取る。手触りも汚れも、自分が鉛筆でつけた小さなメモさえも、そこにはあった。だが、それはありえないはずだった。

なぜなら自分のパスポートの類は、満洲で身柄を拘束された時、関東軍の古田とかいう陸軍将校に押収されていたためだ。

「偽物のはずだが、どう見ても本物としか思えん」

猪狩がそう言うと、武園は懐からもう一つのパスポートを出した。

「その通り、偽物だが本物と区別がつかん。汚れまで完璧に再現されている。じつはお前が行方不明の間に、政局も色々と動いてな、例の関東軍参謀の古田陸軍中佐はいまは総力戦研究所で自分の同僚だ。俺が海軍側代表、奴が陸軍側代表だ。それでお前のことは海軍の案件として、古田はお前から押収した私物を自分に託した。国の研究機関である総力戦研究所に陸海軍の縄張り意識は持ち込まない。だから、古田としても情報の独占はしないってことだ。

お前が連絡をとるなら旧ブレーントラスト人脈だろうからと、パスポートは俺が預かっていたわけだ。いまお前が手にしているのが偽物ってことになる。

まぁ、重要なのは瓜二つのパスポートが存在することだ」

「公文書も信用できないってことか？」

猪狩がそう言うと、武園は手を叩く。

「どうやら薬はすっかり抜けたようだな。まさにそれだ。

近代社会は書類で動く。もちろん精巧な偽造ができるからといって、すぐに偽文書で社会を支配したりはできないだろう。しかし、文書の信頼性に大きな疑問符がついたのも間違いない。

オリオン集団がお前にパスポートを持たせたのは、親切ではなく、何と言うかな、我々への警告のような意図かもしれん」

だが猪狩はそこで気がついた。武園は自分の経験をすべて知っていると、つい錯覚していた。ノートを見ただけでは、あの体験は理解できまい。

「ちょっとノートを貸してくれ、すべて頭から説明する」

武園がそれに異存があるはずもなく、猪狩は白山丸がヨーロッパに到着し、ブレスト沖海戦を目撃、カナリス海軍大将と会談してシベリア鉄道経由で帰国の途につき、満洲で古田と遭遇し、オリオン花子により彼らの拠点に連れられ、そして帰国するまでのすべてを、ノートの該当する記述やスケッチを示しながら、数時間かけて説明した。

「とりあえずパスポートの件は後回しだ。空中戦艦が都合よく現れたことも考えると、そう単純な話ではなさそうだ。

それよりも猪狩は、拠点に到着してからは、パイラとピルス以外には飛行機は見ていないわけか？　空中戦艦を含めて」

「そうだ、じつはオリオン花子が持参した各国の新聞を読んだと話したが、ちょっと気がついたことがあった」

猪狩はオリオン集団の拠点で、与えられた新聞を分析したときのページを開く。そこには数枚の新聞の断片も挟まれていた。

「飛行機は目立たないからという可能性もあるが、台北での空中戦艦目撃の記事以降、国籍不明の大型爆撃機の目撃例は激減している。この三週間に限れば、各国での目撃例は円盤型のパイラか座布団型のピルスだけだ。

それから判断すれば、彼らは我々の知っている形の飛行機で現れるというやり方を捨てて、自分たちの乗り物で直接現れるように方針転換をしたのかもしれない」

「あるいは、計画を次の段階に進めたか、だな」

武園の指摘に猪狩はハッとした。オリオン集団に何らかの計画があり、それが進行しているなら、自分の拉致と帰還もまた、その計画に従ったものとなるのではないか？　そう考えるのには根拠があった。

「今朝、自分が意識を取り戻したときに大使館がどうしたという話を聞いた気がするが、それはなんだ？」

「そうだな……そもそもお前は日本にいなかったからな」

ヨーロッパにいた猪狩にもオリオン集団の概要は説明されていたが、機密保持の関係もあって、内容はかなり駆け足なものだった。しかも猪狩が、ドイツの暗号がオリオン集団により解読されている可能性があることを指摘すると、日本からの情報はなおさら少なくなった。

武園も猪狩との会話で互いの情報が不完全であることを感じたのか、今度は武園の側から、追浜に四発陸攻が着陸したところから、秋津教授とのやりとり、一時的な失踪などとともに、オリオン集団が交渉窓口としての大使館を欲していることを説明したのである。

「じつはオリオン太郎が気になることを言っていた。大使館が開設されたとしたら、日本人を三人欲しいという。交渉役としてだ」

「その一人が自分ということか？」

猪狩の言葉に武園はうなずく。

「まずオリオン太郎が要求したのが、秋津教授。まぁ、いままでの交渉窓口だから、この人選は当然だろう。

もう一人がお前だ、猪狩。オリオン集団の拠点での生活経験があるのはお前だけだから、これも妥当な人選かもしれん。問題は最後の一人だ。じつは彼もいま現在、行方不明だ。ドイツでカナリス海軍大将と接触を持ったのはわかっているが、それからがわからん」

「まさか、桑原か？」

「そう、桑原茂一海軍少佐だ。お前が抜けた穴を埋めるのが役割だった。それは知っているな。その桑原が行方不明になって二週間弱だ。

桑原を三人目に指名するというのは、奴もいまはオリオン集団に拉致されているということだろう。そして近いうちに戻ってくる」

猪狩が気になったのは、桑原ではなくカナリス海軍大将のことだ。ドイツ国防軍の情報部長と関わった日本人二人が、ともにオリオン集団に拉致された。

もっとも猪狩自身の経験から言えば、彼らが自分を拉致した理由はさっぱりわからない。生活用の住居をあてがわれ、監禁されてはいたがオリオン花子と世間話をするだけで、尋問さえなかった。

それがオリオン集団の大使館職員の条件になるとは納得できなかった。あるいは彼らには彼らなりの、猪狩には想像もつかないような理由があるのかもしれないが。

「それでだ、猪狩。お前の分析が正しければ、オリオン集団の拠点があるのは、おそらくはウルシー環礁だ。日本の委任統治領ではあるが、現在は無人だ。基地はもちろん人家さえ置かれていない。

だから現地の状況は実際に行ってみるまでわからない」

そう言うと武園は、ウルシー環礁の地図を猪狩の前に広げた。とはいえ海図の一部で、環礁自体は五センチ四方くらいの記述しかない。だが猪狩にはそれで十分だった。

「この地図にあるファラロップ島、これが自分が幽閉されていた島だ。小さな海峡を挟んで見えた島があったが、あれがアソール島だな」

海岸から見た環礁を形成する島々の姿が、猪狩の記憶の中にありありと浮かび上がった。

「間違いはないのか？」

「自分がいた場所の地形は、この地図と同じだ」

武園はその話に考える。

「お前の話を信じるなら、オリオン集団の拠点は偽装はされていても要塞化はされていない。

じつはオリオン集団の武装は跛行的なもので、多くの弱点を有するという分析がある。となれば、艦隊を派遣し、調査する必要があるな」

それに対して猪狩は、艦隊はいささか大袈裟に思えた。調査船の類で十分ではないかと。

「日本の委任統治領内に正体不明の集団が軍事拠点を築いたんだ。艦隊を派遣して調査しないでどうするというのだ？」

武園の中では、それはすでに決定事項である。猪狩にもそれはわかった。

猪狩の体調は翌朝には回復したが、東京に戻ることは許されなかった。オリオン太郎が、この屋敷での交渉相手に指名していたためだ。

武園は東京に戻らねばならない用件があるとかで、そのまま屋敷を後にしたが、福永海軍大尉が猪狩との連絡役になるという。それまでは秋津との連絡役だったらしい。

「ご機嫌はいかがですか？」

とりあえず居間に向かった猪狩を、背広姿のオリオン太郎がそう言って迎えた。背広は拠点で会ったときに着替えたものそのままだ。着た切り雀なのか、まめに洗濯がなされているのか、その辺の説明は受けていない。

オリオン太郎は餡パンやクリームパンが好物と聞いていたが、それは本当らしく、いまも皿の上に並んでいる。

「君らの鎮静剤は我々には強すぎる。まぁ、いまは快調だ。しかし、君はパンしか食べていないようだが、それで大丈夫なのか？　僕が君らに幽閉されていた時は、野菜や肉の入ったパンが出されたぞ」

「代謝が違いますからね。僕らはこれでいいんです」

そう言いながら、オリオン太郎は餡パンを一つ平らげ、もう一つに手を伸ばす。

猪狩はその様子に呆れつつも、あることに疑念をもった。

「君らは地球で生活するのが辛いのか？」

猪狩の質問に、オリオン太郎は手を止めた。

「どうして僕らが辛いと考えたんですか、猪狩さん」

「商事会社で働いているとな、色々な雑学が身につくんだ。餡パンは約二二〇カロリーだ。そして人間の場合だが、成人男性の消費カロリーは一日に約二二〇〇から二四〇〇だ。あくまでもカロリーだけの話だが、人は一日に餡パン一〇個で生きられる。

だがオリオン太郎は一日に三〇から四〇個の餡パンやクリームパンを食べると聞いた。君らと我々の代謝が違うとしても、ほぼ同じ大きさの身体で三倍も四倍も摂取カロリーが多いというのは、地球で生きてゆくのにそれだけエネルギーが必要なほど、負担が大きいということじゃないのか？」

猪狩の仮説に、オリオン太郎は笑顔を向けたように思った。オリオン花子もそんな表情を見せたことがある。意味はわからないが、好感情の表現と思われた。

「そうした視点での指摘は猪狩さんがはじめてです。科学者の秋津さんでさえ気がつかなかった。

辛いという言葉の意味が僕と猪狩さんで同じかどうかはわかりませんけど、肉体を維持するのに負担が大きいのは確かです。それでカロリーの消費が増えるのも事実です。僕はもともと宇宙の存在ですから」

「そんな辛い思いをして、地球にやってきた理由は何だね？」

猪狩はオリオン太郎に直接質問したが、正直、返事はあまり期待していなかった。なぜなら同じような質問をオリオン花子にもしていて、回答がなかったからだ。

「どうも地球の方々がその質問をする理由は、僕らのことを知りたいためではなくて、僕らが地球を植民地化するかどうかを知りたいということのようですね。

それに対してなら秋津さんにも言いましたけど、植民地化の意図はありません。猪狩さんならおわかりでしょ。僕らは地球にいるのがそこそこ厳しいんですよ」

地球で生活するのは、オリオン集団にとって快適ではないというのは本当かもしれない。猪狩は拠点での生活から思う。オリオン集団の構成員たちが砂浜を散策するような光景はただの一度も見たことがない。

オリオン花子にしても、ほとんどの時間を、パイラなどを収容していたあの巨大な要塞の中で過ごしていた。彼らにとって、あの空間の方が快適なのだろう。

そこで猪狩は、武園から受けた話の中で疑問に思っていたことをオリオン太郎にぶつけてみた。

「追浜に降り立った時、どうしてオベロを連れてこなかったんだ？　オベロなら飛行機の操縦だってできるだろ」

それが猪狩の疑問だった。オリオン太郎は自分たちが地球の人間ではないことを理解させようと苦労してきたが、オベロを伴っていれば問題は容易に解決しただろう。オベロはオリオン太郎と違って、外見からして人間とは違うのだ。

「僕らの人間理解が正しいなら、オベロを見せることは、警戒心を抱かせるだけです。僕らは地球を植民地化するために来たわけじゃない。だけどオベロを連れてくればどうなるか？　僕らが奴隷を酷使していると解釈するんじゃないですか？」

オリオン太郎にそう言われると、猪狩も返す言葉がなかった。オベロは奴隷ではないかと猪狩自身も疑った。そして正直、その疑問は綺麗に解消されたわけではない。

「良くも悪くも地球人類は、人間以外の知性体と社会を構成したことがない。そうした文明に最初から我々を理解できるとも僕らは考えてません。また必ずしも理解してもらう必要もない」

「なぜ理解する必要がない？　相互理解が不要と思うのか？」

そんな猪狩の質問に対するオリオン太郎の返答は辛辣だった。

「地球の人間に相互理解ができるとは思えないからですよ。それが可能なら、日華事変がここまで泥沼化しないでしょうし、日米関係も悪化しないんじゃありませんか？」

「国レベルでは、相互理解は難しいかもしれない。しかし、個人として中国人やアメリカ人と親交を深めている人間がいるのは事実だ」

しかし、オリオン太郎は表情こそ穏やかに、それに反論する。

「知性体が人類しかいない中で、相互理解を客観視するのは無理ですよ。まぁ、個人レベルでの相互理解が成り立つことがあるとしても、僕らの問題には無意味です。僕らはあくまでも国単位での理解を求めているんです」

「なぜ国単位なんだ？」

猪狩の質問にオリオン太郎は、考え込むような仕草をした。

「ええと、地球にはこんな話がありましたよね。舜(しゅん)って人がいて、争っている農民たちの間で一緒に農業をするようになると、農民たちの争いがなくなった。争っている漁場に行って漁をすると漁場に秩序ができた。粗雑な陶器しか作れない職工たちの間で一年仕事すると、陶器の品質があがった。

でも、舜が優秀な人間でも個人的な人間関係でできるのは、一年に一つ、三年でも三つ。だが国が法律を使えば、朝に布告すれば夕方には国中に広がってるって。僕らが国を相手にするのも、同じ理由です。目的のために一人ひとりと関係性など築けませんよ」

オリオン太郎の言っているのは『韓非子(かんぴし)・難一(なんいつ)』のことだろうと、猪狩にも察しはついた。かなり大雑把な理解であるし、この場合の文脈での使い方として適切かどうか疑問もなくはない。

しかし、理解の程度はともかく、オリオン太郎が『韓非子』レベルの書物まで地球の情報を把握しているという事実には驚かされた。彼らは予想以上に人類の情報を握っている。

それにもかかわらず、交渉ごとがいまひとつ円滑に進まないのは、オリオン集団が人類の情報を十分に咀嚼できないからではないか。つまり自分たちは外観こそ似ているが、文化においてかなり深刻な相違があるのかもしれない。

「オリオン集団が地球の植民地化も人類の奴隷化も求めていないとして、では改めて尋ねるが、君らは何をしに来たのだ？」

おそらくオリオン太郎は科学調査と回答してくるのではないか。それが猪狩の読みだ。戦闘機の撃墜も軍艦の撃沈も、人類の技術水準を知るための調査活動と強弁することができるからだ。

ただ、人類の経験からして、最初の調査活動が後の侵略行動につながっていることは珍しくない。

それに純粋な調査活動なら、調査対象に影響を及ぼさないように振る舞うだろう。

だから、ここでオリオン太郎が調査を口にしたとしたら、今地球に来ているオリオン集団の目的はそれで説明できるとしても、それは後続の本隊のための活動と考えられる。

もちろんこの仮説が間違っている可能性は少なからずある。だがそれならそれでいい。侵略説を却下することができるからだ。

しかし、やはりオリオン太郎の思考は人間のそれとは違っていた。

「僕たちと人類は異質すぎるので、僕たちが何をしようとしているかは人類には理解できないはずです。何よりも人類には、これを表現する言葉がない。抽象的な概念レベルでもっとも近いのは性行為だと僕は思うのですが、たぶんそう聞いたならば猪狩さんはまったく別の概念を思い浮かべるでしょう」

さすがに猪狩も、オリオン集団が性行為のために地球にやってきたなどとは思わない。そんな目的のためなら、猪狩は一ヶ月近くも拉致されている間に生体実験の一つもされているはずだ。それに今まで彼らが行ってきた活動との整合性がまるでない。

より根本的な疑問として、オリオン集団に男女の性別があるのかという問題だ。オリオン花子にしても見かけから単純に女性と思ったが、オベロのような存在を見せられると、それも疑問に思えてくる。

オベロは、どこかの惑星の土着生物がオリオン集団の世界に共棲する中であのような形になったという。つまり地球と環境の異なる星では人間と同じような生物は生まれない。オリオン集団もまた、地球でもオベロの母星でもない惑星に生まれたならば、その姿はやはり人間と違っているはず。

だからオリオン花子は人間の女性に似せているが、それは外観が似ているだけで、性別などまったく反映していないのかもしれない。

「オリオン集団に男女の違いはあるのか？　つまり君は男で、オリオン花子は女性か？」

それはある意味で、不躾な質問ではあったが、オリオン太郎もそうした質問がなされることは予想していたのか、あまり動じる様子はない。

「猪狩さんの質問は、正しくありませんね」

「いったい何が正しくない？」

「地球の人間ではない相手に対して、地球の常識を前提にした質問をしているからです。猪狩さんの質問は、地球には男女の違いがある、それ故に個体も男性か女性かに分けられる、そのことを前提としていて、そこに微塵の疑いもない」

オリオン太郎の指摘は間違ってはいない。猪狩はそういう考えでオリオン集団の性別について尋ねたのだ。

「どういう前提が間違いだというのか？」

「オリオン集団の中に性別は存在するかという命題と、僕やオリオン花子が男か女かという命題は独立事象ということです。少なくとも僕らはそうです。

結論だけいえば僕は猪狩さんたちからみて男であり、オリオン花子は女です。そのように機能すべく行動するのが任務ですから。

我々の知るところ、地球人との交渉において外観は非常に大きな意味を持つ。だから部門ごとに男を担当したり女を担当したりして事にあたるわけです」

オリオン太郎から「地球人には理解できない」と言われ続けるのは、不愉快である。だが、それ以前に猪狩にはオリオン太郎の言っていることの意味がわからなかった。どうもオリオン太郎やオリオン花子が男や女に見えるのは、地球人相手の変装であるようだ。だがそれとは別に性別はあるらしい。それはオリオン太郎が性行為という単語を口にしたことでもわかる。だが猪狩には、その二つの事実の整合性がさっぱりわからなかった。

そんな途方に暮れている猪狩に対して、オリオン太郎は励ますかのようにクリームパン片手に声を掛ける。

「僕のことがわからないからって悲観する必要はありませんよ。秋津さんにしてもわかっていたわけじゃないんですから」

＊

「自分が総力戦研究所の人間でなければ、貴殿の話など信じなかったな」

古田岳史は四谷にある自宅に、暴漢から自分を救ってくれた桑原茂一を迎えた。古田の帰宅を寝ずに待っていた妻の暁子に頭を下げ、酒と肴を用意してもらう。そうして一献献上となったのだ。

ただ、暴漢は新体制運動に反対する勢力なのは明らかだった。それを桑原が救ってくれたが、彼が現れたタイミングに古田は疑念を抱いていた。だから無邪気に恩人を歓待する風を装って、桑原の正体を確かめようとしたのだ。

だが、どうしてあの場所にいたのかを語った桑原の話は、古田の予想外のものだった。それだけに却って古田は桑原が信頼できる気がした。

人を騙すような人間が、往還機パイラだの空中要塞パトスだのと荒唐無稽な話をするはずがない。正気を疑われるのがオチだ。にもかかわらず、こんな話をするというのは、それが事実であり、より多くの人間に知らしめるべきと考えているためだ。

そして古田が桑原を信じるもう一つの理由。それは彼が、総力戦研究所の前身ともいえる海軍の調査機関であるブレーントラストのメンバーであったためだ。

総力戦研究所は陸軍省軍務局軍事課長の岩畔豪雄大佐が、海軍のブレーントラスト人脈をも包括した国家機関として提案したものだ。これは国家情報を一元管理することで、軍令機関である陸軍参謀本部の過剰な権力を削ぐという意図も含まれていた。

古田もこの組織に深く関わる中で、海軍のブレーントラスト人脈（この時点では時局研究会になっていたが）についても調査していた。桑原茂一海軍少佐の名前はその中にあり、彼に関する数奇な運命は、書類上だが古田も記憶に留めていた。

フランスに駐在武官として赴任し、ドイツとの戦争に巻き込まれ、ダンケルクからイギリスに渡り、日本の帰国船によりイギリスからドイツ占領下のフランスに入国し、再び大使館付き駐在武官となった男。こんな経歴の男を早々忘れられるものではない。

目の前にいる男は、その数奇な経験を語り、さらにその先を荒唐無稽な話でつなげた。しかし、それは古田の知るオリオン集団なる謎の団体の話と矛盾しない。正確にいえば、矛盾を論じられるほど自分たちはオリオン集団の情報を把握していないのであるが。

「自分としては、そのオリオン李四（リー・スー）とオリオン李芳（リー・ファン）という二名の存在が気になります。李四と李芳というのは、日本でいう太郎や花子に相当する呼び方です」

古田がそう言うと、桑原は少し怪訝（けげん）な表情をした。

「陸軍省の方が、中国のそんなことまでご存じなんですか？」

「陸軍省勤務はつい最近です。先月までは関東軍におりました。関東軍参謀部で主として調査関係を担っておりましたので」

古田は自分の経歴を語る。任務の内容まで説明する義務も義理もないのだが、この桑原という人物には話すべきと勘が働いたのだ。

「関東軍参謀部で調査活動ですか……」

海軍将校が関東軍についての知識はそれほどないだろうと古田は思っていたのだが、どうも桑原は違うらしい。何か考え込んでいる。

「単刀直入に伺いますが、古田さんは猪狩周一という人物をご存じではありませんか？　先ほども少し触れましたが、カナリス大将の依頼で日本に向かっているなか満洲で行方不明になりました。一説では関東軍に逮捕されたとか……」

桑原は酒の入った湯呑みを静かに置いた。古田は桑原と猪狩がブレーントラストのメンバーであったのは理解していたが、密接な知り合いとは思ってもみなかった。片方は現役の海軍将校で駐在武官、片方は商社の人間だ。接点などあるようには思えなかった。だが、それは認識不足であったらしい。

古田は迷った。何しろ他ならぬ自分自身が猪狩周一を逮捕したのだ。直接的な理由は英米から国民党政府への援蔣物資が、なぜか猪狩の手を経て海軍に流れていたという事実があったからだ。しかし、あくまでも本丸は元禄通商という企業にあり、そのバックについている海軍にある。

ある意味で当たり前だが、古田の猪狩に対する興味は、あの時点では援蔣ルートに関わる海軍の謀略にあった。それが間違いであり、オリオン集団なる未知の存在と関係していると わかったのは、岩畔軍事課長の下で古田機関を組織してからのことである。

「猪狩周一は自分の責任で身柄を拘束いたしました」

古田は桑原に真実を話すことを決断した。この男に誤魔化しは通用しない。それは情報畑で長年働いてきた経験でわかる。ただ、桑原は思った以上に直情径行型なところがあった。

「お前が猪狩をオリオン集団に売り渡したのか!」

桑原はいきなり摑みかかってきた。どうしてそうなるのか! そう思った古田だが、身柄を拘束してから謎の飛行機が現れるまでの過程を桑原は知らないのだ。しかも彼はずっとヨーロッパにおり、自分以上に国内のことに通じていない。

「ちょっと待て!」

古田は足払いをかけようとするが、驚いたことに桑原はそれにはかからなかった。むしろ桑原の方から技を仕掛けてくる。古田は防戦しながら、何とか桑原から離れて間合いを取る。現役海軍将校とはいえ、腕に覚えのある古田から見ても、桑原はかなりできる男だ。

だが間合いばかりとっていても始まらない。ともかく桑原を押さえ込んで話を聞かせねばならん。が、同じことを考えたのか、突っ込んできたのは桑原の方が早かった。古田は桑原の攻撃をかわしたが、今まで酒を酌み交わしていた飯台に足を取られて横転してしまう。そのまま障子を破った時だった。

「いい加減にせんか！」

箒を持って怒鳴りつけたのは、古田の妻の暁子だった。鬼の形相の暁子に一喝され、古田はもちろん桑原も動きが止まる。

「お客様。

あなたがどこのどなたかは存じませんが、古田が恩人とお連れすればこそ、この深夜でも私は酒肴を用意いたしました。こう見えて古田も陛下から陸軍中佐を拝命した身、相応の面子もございます。妻として、それは弁えているつもりです。

ですが、お客様。この狼藉はどうしたことでありましょうか？　お見かけしたところ、お客様は海軍の現役将校ではありませんか。この時局に鑑みた時、陸軍将校宅に客人として招かれた海軍将校が乱暴狼藉とは何でしょうか！」

暁子は冷静に淡々と理を説くが、こういう時の妻は最大限に怒っていることを古田は知っている。正直、殴りかかられたことには桑原への怒りはない。早とちりだが、怒る理由はわかる。

しかし、暁子をここまで怒らせたことには、古田も桑原への憤りは感じていた。桑原は家から叩き出されればそれで済むが、怒った暁子を宥めるのは他ならぬ自分なのだ。

「申し訳ございません！」

古田も、そしてたぶん暁子もだろうが驚いたのは、桑原が畳に額を押し付けんばかりに平伏したことだ。現役海軍将校がこんな形で謝るとは思っていなかった古田は、頭を上げてくれと桑原に促す。それで暁子の怒りのエネルギーは抜けたらしい。

「頭をお上げください、お客様。

そのような姿、海軍軍人には似合いませぬ。ようは深夜に乱暴狼藉は避けていただきたいというだけのこと。それがわかって頂ければ、十分です。古田もお客様も、将校として人のうえに立つお立場、ならば、諍いも互いに一度引いて話し合えるのではないでしょうか？」

「まったく、その通りでございます」

暁子に頭を下げる桑原。暁子に一瞥され、「ごめんなさい」と古田も言う。

「もうこんな時間でございます。お客様にはむさ苦しいところですが、泊まっていかれてはいかがでしょう。すでに風呂の用意もできております」

「はい、ありがとうございます」

そうすると暁子は「ごゆっくり」とか言いながら奥に引っ込んだ。

「で、あんたは猪狩をどうしたんだ？」

桑原は、少しは冷静になったのか、古田に尋ねる。ひっくり返った飯台と皿や小鉢を拾いながら、古田は返答する。先ほどの暁子の剣幕に、桑原もそこは察してくれたらしい。

「謎の飛行機が現れ、鉄道を破壊した。列車は急停止し、猪狩はその隙に脱出した。その時、大型の爆撃機が着陸し、再び離陸した。そして猪狩の消息はわからなくなった」

桑原にはその話は初耳だったらしい。なので、さらに知っていることを古田は教える。

「これは武園中佐の調査なのだが、同じ日に、南京、温州さらに台北で同じ形の国籍不明の大型機が目撃されている。針路から推定して、日本の委任統治領のどこかに密かに拠点が築かれているのではないかと彼は言っている」

古田がそう言うと、桑原も自分の情報を明かす。

「オリオン花子は猪狩は生きていると語ったが、テレビジョンの技術で自分の姿を映すだけで本人は空中要塞には一度も現れなかった。猪狩と同じ場所にいるなら、その秘密の拠点から映像を送っていたことになる」

その時、暁子が風呂に入るようにと促したので、桑原は大人しく風呂場に向かった。その間に古田中佐は飯台の食器を台所に運び、自分が暴れて汚した畳や床を雑巾で拭く。

「こういう時局ですので、壊れた障子は私が何とかいたします。あなた様はお客人と軍人としての己の本分を尽くしてくださいまし」

暁子はそう言うと、布団の支度ができていることと、自分は先に休ませてもらうと告げる。妻がまだ怒っていることに古田は胃が痛む。銃弾の雨の中さえものともしない古田岳史であったが、怒った暁子だけはどうもいけない。

桑原が風呂に入っている間、古田は改めて桑原からの話を整理していた。桑原の体験は興味深かったが、やはり無視できないのは、彼を日本まで運んできたピルスにオリオン李四とオリオン李芳が乗っていたということだ。

そのピルスは日本にまで到達できたのだから、中国まで飛ぶことは十分に可能だろう。そうだとすれば、李四と李芳は中国の然るべき勢力と接触する意図で送られたと考えられる。ここで重要なのは、日本やドイツのように大型爆撃機ではなくピルスで二人が運ばれたという事実だ。

理由は二つ考えられる。一つはオリオン集団の計画が進み、もはや爆撃機を着陸させるという形での接触は不要と判断された場合。すでにオリオン集団がパイラとかピルスのような飛行機を投入しているというのは、そういうことなのではないか？　じじつ追浜に着陸したという四発陸攻のような飛行機が目撃されたという話は聞かない。もっともこのあたりは古田も調査したわけではないので、断定はできないが。

もう一つの可能性は、李四と李芳が接触する相手に対して、大型爆撃機という形が取れない場合。つまり交渉相手が空軍に類するものを有していないため、着陸可能な滑走路もなく、そもそも爆撃機で訪問できない場合だ。

この場合は重要な意味を持つ。なぜなら国民党政権は航空戦力を持ち、滑走路があるためだ。だとすれば、李四と李芳が接触しようとしている相手は中国共産党ということになる。

ただ古田もこの可能性の重大さは理解しつつも、懸念はある。中国の政治情勢は国民党と共産党という単純な二極ではない。それぞれに政治勢力の対立がある。

オリオン集団がそれを承知で李四や李芳を送るならいいが、不十分な知識で介入すれば、大陸の政治状況はいま以上に混迷を深めることになる。

古田はまだ会ったことがないが、日本に来ているオリオン太郎は超高性能の爆撃機を伴っていたという。日本海軍はそれを分析し、自分たちには技術的に製造できないことを理解しつつも、なおオリオン太郎が地球外人ではなく、日本のペテン師である可能性を疑っていた。

色々な情報が集まってきているいまなら、古田にもオリオン集団が地球の存在ではないことくらいはわかる。しかし、そうした情報が欠如している状況でいきなりオリオン李四とかオリオン李芳と名乗る男女が現れたとしても、中国共産党は歯牙にもかけまい。

もちろんピルスを機体ごと提供すれば話は違うかもしれないが、他の列強諸国にはしていないことを中国でのみ行うとも考えにくい。

桑原は、空中要塞パトスの内部でオリオン・ハンスとオリオン・ハンナという、おそらくドイツに派遣されると思われる二名とも会っている。空中要塞で四発陸攻の姿は見なかったようだから、この二人もピルスで運ばれるのかもしれない。

オリオン集団はドイツと中国で、同時に工作を進めようとしているのか？　やり方を変えたというのは、やはり計画が次の段階に入ったのかもしれない。

そんなことを考えていると、桑原が「やはり日本の風呂はいい」と言いながら、古田のところに戻ってきた。

「いや、先ほどは実に申し訳ないことをした。謝罪させていただきたい」

またも額を畳に擦り付けかねない桑原を、古田は制する。

「いや、自分も説明が足りなかった。貴殿が事情に通じていないことをもっと考慮すべきだった」

二人はぎこちなく、喧嘩を詫びる。何となく、目の前の海軍将校もまた、自分と同類の気がした。もっとも、そうやって心を許して裏切られたことが何度もあるのが古田であったが。

「いま君が風呂に入っている間に考えたのだが……」

古田は桑原に自分の考えを述べた。それは明日でもいいのだが、何となくいまこの場のぎこちない空気を、仕事の話で埋めたかったのだ。それはどうやら桑原も同じようだった。

「これはあくまでも空中要塞にいた時の自分の印象でしかないが、どうもオリオン集団は一枚岩ではない気がする」

古田はその言葉に身を乗り出す。オリオン集団といえども内部に対立抗争があるなら、そこは自分たちの攻め口となるかもしれない。しかし、桑原の考えは違っていた。

「カナリス情報部長は、何らかの形でオリオン集団と連絡を取る手段を持っている。自分が拉致されたのもそのためだ。オリオン花子もカナリスとの関係を説明こそしなかったが、否定はしていない。

一方で、ドイツ本土に直接爆撃機が来訪する計画があったことはまるで知らされていなかったようだ。知らされていたら、みすみす搭乗員を射殺させたりはすまい」

古田は桑原の言わんとするところがわかったが、それは陸軍将校として耳の痛い話であった。要するに彼は、オリオン集団の二つのグループが、互いに連絡を取ることもなく、別個に人類に接触していると言っているのだ。

だから、カナリスと連絡をとっているのとは別のグループがドイツに爆撃機を送り、乗員は射殺された。

平和的な接触をしているように見せる一方で、情け容赦なく戦闘機を撃墜し、軍艦を沈める矛盾した対応も、別々のグループの活動とすれば説明がつく。

そして古田は、そうした仕事の仕方に既視感があった。他ならない日本の中国政府との和平工作そのものだ。政府筋の工作があり、陸軍の工作があり、財界人の工作がある。それらは互いに日本の他のグループの工作を知らず、結果としてすべて失敗した。

「それは彼らの弱みなのか？」

古田の呟きに桑原は首を振る。

「もしもオリオン集団に司令塔が不在なら、我々は誰を相手とすればいいのだ？」

5章　大使館開設準備班

総力戦研究所は政官軍の利便性から、内閣情報部の分室が置かれていた首相官邸近くの二階建て家屋が与えられた。田舎の小学校程度の建物であったが、ともかく実務を進めることが優先された。

オリオン集団の問題以外にも多数の案件を解決しなければならず、総力戦研究所の陣容拡大は避けられないと考えられていた。すでに正式な施設建設のため、小石川に用地確保が進んでいたが、それまではここが総力戦研究所だった。

古田陸軍中佐の席は、二階の隅にある陸軍関係者の執務室になる。八人の陸軍将校が向かいあった机で執務を行い、古田はその全体を監督する形だ。これとは別に古田機関の総帥でもある彼にとっては、小石川より今の場所がいい。ここなら歩いて五分で古田機関の本部にも行けるからだ。

「お久しぶりです」

背広姿の桑原茂一が古田のもとを訪れてきたのは九月一〇日のことだった。彼が四谷の古田家を後にしたのが九月四日の朝であったから、ほぼ一週間ぶりとなる。

「いやはや、久々の東京は疲れました。とりあえず、これは皆さんで、これは奥様へ」

桑原は持ち込んだ風呂敷包の中から、虎屋の羊羹（ようかん）を二本取り出す。昨今は菓子類の入手も難しいが、桑原はまだまだ羊羹を風呂敷にしまっているようだ。

「ありがとう。気を遣わせて済まんね」

羊羹を受け取りながら、桑原には暁子に一喝されたのが相当衝撃だったのだろうと古田は思う。電話での古田に対する口調さえ変わっていた。

暁子の胆力は子供の頃から鍛えられていると聞いた。娘に悪い虫がついてはたまらないと、義父が身を守る術として剣道を学ばせたのが六歳という。

才能はあったのだろう。何故なら一八になる頃には、通っていた道場で四天王と呼ばれるほどの剣豪に育っていたからだ。居合（いあい）の達人で、藁束の一つや二つなら瞬時に一刀両断してしまう。

そんな女傑に一喝されれば、肝を潰されても不思議はない。むしろあの一喝で暁子の技量を見抜くとは、桑原茂一、やはり只者ではない。

「それ、全部、羊羹？」

古田はふと、気になる。砂糖も統制品の昨今だが、陸海軍の威光をチラつかせれば、羊羹くらいなら簡単に手に入る。古田はそうした風潮を現役軍人として苦々しく思っていた。この点では桑原も同じであったはずだ。

そんな公私の別に厳しい彼のような男が、海軍将校の立場を利用して統制品を手に入れるような恥ずかしい真似をするとは思えなかったからだ。

「そうです、これ全部がオリオン太郎のご飯ですよ。食事といえば羊羹や餡パン、クリームパンのような甘いものばかりです。ちょっと前まではパンだったんですが、最近は羊羹専門です。それも虎屋の羊羹が一番らしいんですよ。人の目の前で美味そうに食べるんだ」

「桑原さんは食べないのか？」

「オリオン太郎のご飯を横領はできませんよ。あっ、差し入れの羊羹は自腹なんで心配なきようにお願いします」

やはり桑原も、自分と同様に軍の権威で私利を貪（むさぼ）るような人間ではないことに、古田は気持ちが透き通るような気がした。

「大使館の準備の方はどうです?」

従卒が桑原の羊羹を切り分けたので、古田は桑原に椅子を勧め、部下たちにも話の輪に入るように促す。こういう機会でもないと、オリオン集団に関する最前線の話は聞けないだろう。

「前進といえば前進でしょうが、予想外のことも多いですわ」

桑原はそう言いつつも何か楽しげだった。

九月四日に別れて以来、古田も桑原茂一のその後については気になっていたが、彼も自分の組織のことで手一杯であり、断片的な噂しか聞こえてこなかった。

桑原はまず海軍省に出頭した。解釈によっては彼は職場放棄と密出入国を行ったわけであり、それに対する後始末が必要というわけだ。ただブレーントラストのメンバーから総力戦研究所の一員へと横滑りしていた桑原に、処分らしい処分はなかった。オリオン集団の貴重な情報を持ち帰った人間を処罰する訳にはいかない。それに彼は誘拐の被害者でもあるのだ。

そして古田が桑原と出会った九月三日は、大きな動きのあった日でもある。

まずオリオン屋敷に現れたピルスから、行方不明だった猪狩周一が降ろされた。そしてオリオン太郎の交渉役であった秋津俊雄京都帝大教授が、猪狩を運んでいたピルスに乗せられ、ソ連に向かった。

ピルスという飛行機は、想像を絶する性能であるらしく、秋津教授はその日のうちにモスクワの日本大使館に現れたという。

つまり秋津が日本を出て、猪狩と桑原が日本に戻ってきたことになる。桑原が目撃した空中要塞を素通りしたピルスが、おそらく秋津が乗っていた機体だろう。

九月四日、オリオン太郎は日本政府と自分との窓口として、猪狩と桑原を指名してきた。このことも桑原が特に処分されなかった理由らしい。

大使館を開設したいという要求は、以前からオリオン太郎より為されていたが、承認することが誰にもできないという異常な状況が続いていた。まず問題なのは四発陸攻も彼自身も海軍の管理下に置かれていたため、オリオン太郎については海軍管轄となっていたことだ。

すでに日華事変により大本営が置かれていたため、オリオン太郎問題を政府が管理することは統帥権の問題と抵触しないではいられなかった。オリオン太郎問題単独なら、まだ着地点もあったのだが、過去に軍部が主張してきた統帥権の独立問題との整合性を図るとなれば、単独問題として扱えない。

この意味では、陸軍とともに統帥権独立を主張していた海軍自身が、自分たちの選択肢を奪ってしまったといえよう。もちろん陸軍軍人の古田も、このことで海軍を笑うのは天に唾する行為なのはわかっていた。

最終的に明治憲法を改正し、軍部の統帥権を縮小し、陸軍省、海軍省の権限を強化した上で、陸相・海相を総理大臣の命令に従う国務大臣とするしか、この問題は解決できないという結論に達した。

ここで起こったのがいわゆる新体制運動である。とはいえ少なからずムード先行で、内容は必ずしも理解されておらず、政党や国会議員の多くも同床異夢にあった。

しかし、憲法改正が現実のものとなり、軍部に対する政府の優位が法的根拠を持てる状況の中で、さすがにオリオン集団との大使館問題を先送りするのは難しくなっていた。いずれにせよ米内総理主導で大使館開設の目処（めど）はたった。そこで大使館開設準備班が編成されたのだ。

といっても、陣容は少ない。機密保持の観点と、オリオン太郎側が大使館にどんな機能をイメージしているのか、それがわからないためだ。総じて、まだ大使館の具体的な機構について議論すべき段階にないというのが、政府や軍部のコンセンサスだった。それがようやく動き出したのだ。

準備班の総勢は一〇人足らずであった。主に法務を助言するために外務省と法務省、さらに内務省からの人間が中心となる。これに事務処理の人間が入ればすぐに一〇人となる。

特筆すべきは海軍技術研究所からも人が出ることだ。その役割は、秋津という持ち主不在となった演算機の管理者としてである。オリオン太郎との交渉に正確な計算が必要なとき、その要望に応じられるようにだ。

そしてオリオン太郎との直接の交渉役に猪狩周一と桑原茂一が入る。桑原が海軍軍人なので、バランスの意味で交渉役補佐として古田岳史の名前があったが、彼も多忙なので現場に出ることはほぼない。

この他には籍だけ置かれているのが秋津俊雄である。これに関しては、オリオン太郎が「秋津さんもいずれ戻るはずです」と発言したため、メンバーとなっていた。

準備班のメンバーではないが、総力戦研究所の人間として武園も顔を出すことになっていた。一応、準備班は政府直属ではなく、政府機関の一つである総力戦研究所の傘下に置かれていた。

大使館開設準備班はオリオン屋敷に常駐する形になったが、これもオリオン太郎の要望だった。準備班が一〇人くらいなら、このまま屋敷を使うほうが手間にならないという理由だった。

話し合いは猪狩と桑原が交代で、オリオン太郎と一対一で行うものとされた。オリオン太郎からは、「なぜこの二人なのか？」の説明はなかった。秋津がいれば、理由を巧みに探り出せたのかもしれないが、彼がいない以上、この条件も飲むしかなかった。

この件に関して、猪狩と桑原は先に武園に申し入れを行っていた。それは自分たちへの事情聴取は独立して行い、その結果については現段階で猪狩と桑原それぞれには伝えないということだ。この点は二人の間で、最初に会った時から決めていた。二人は同じことを考えていた。

猪狩と桑原は、オリオン集団の中での生活経験がある数少ない日本人だ。しかも、それぞれの体験は島嶼（とうしょ）帯の拠点に、空中要塞と極端に異なっている。オリオン花子にしても、猪狩は直接会っているが桑原は映像でしかその姿を見ていない。

逆に猪狩は成体のオベロしか見ていないが、桑原は巨大な樹木の中で生活するオベロの赤ん坊のようなものを観察している。

このように二人の間には互いにオリオン集団に関する情報の欠損がある。その状態で交渉をすることでオリオン太郎の反応を観察すれば、猪狩と桑原への対応や提示する情報の相違から、オリオン花子と連絡を取っているかなど、浮き彫りになるものがあるに違いない。そうした計算から二人はあえて情報を照らし合わせることをしなかったのだ。

このような事情から、古田が桑原と再会するまでに、相応の時間が空いてしまったのである。

「まず、大使館の組織に関する彼我の認識の差は予想以上に大きい。たとえば諸外国の中でオリオン集団が大使館開設を要求している国は日本だけですが、何故だと思います？」

桑原の質問に、古田も交渉が進んでいないことを察した。最初の話をこのレベルから進めねばならないのだから。

「オリオン集団の高官で生きているのがオリオン太郎だけだから、ではないのかな？」

しかし、古田もこの可能性は弱いと考えていた。ソ連に運ばれた秋津の情報によると、詳しい方法は不明ながらもオリオン集団はドイツとソ連の一部と接触を持っているらしい。またオリオン太郎以外のオリオン集団代表が活動している可能性さえあるという。それは中国名を名乗る男女と遭遇したという桑原の話とも合致する。

「ただオリオン太郎によれば、それは半ば偶然の産物なのだそうです。

つまりオリオン集団から地球にやってくる者はあまり多くないので、大使館は一つあれば十分。しかし、一つもなければ彼らは地球の人間と接触する窓口を持たない。そういう理屈のようです」

「万単位でオリオン太郎のようなのがやってくるのかと思っていたが……」

古田自身はまだオリオン太郎なる人物には会っていない。写真で説明された程度だから、彼に対する判断は保留状態だ。ただ現時点で判明している限り、オリオン太郎が嘘を吐いたことはない。

だとすれば、オリオン集団はほとんど地球にやってこない。それだけで結論できないとしても、数で圧倒的に不利なオリオン集団としては、地球への武力侵攻はまず考えていないだろう。

武力侵攻の可能性が少ないというのは自分たちにとっては明るい情報だ。しかし、喜んでばかりもいられない。彼らの目的が本当に地球の植民地化にはない（それはオリオン太郎が何度も発言している）としたら、何のために地球との接触を試みるのか？

この件に関しては、一部には文化的あるいは科学的な調査だという説もあった。しかし、古田は軍人だからかもしれないが、この説には与しなかった。軍艦や戦闘機を撃墜してきたからというのもある。だが本質的な疑問は別にある。

オリオン太郎たちが科学なり文化なりの調査を行っているのが事実としても、それは目的ではなく手段であるということだ。調査とは何か別の意図があって、それを実現するために行うものだ。つまり「調査である」というのは、目的を説明するものではないわけだ。

　古田は自分の疑念を桑原に質してみた。自分が考えるくらいのことなら桑原も考えるだろうと思ってのことだ。

「調査はしているようです。人工衛星というものも投入している」

「人工衛星……陸士で物理の時間に、砲弾の速度を毎秒八キロ弱まで上げれば砲弾は落下しないという話があったが、あの人工衛星か？」

「海兵の物理でもやる、その人工衛星ですよ。カメラを搭載して世界中を偵察しているらしい。前任者の秋津さんの残した資料ではそうなっていた。

　ただ自分の印象では、オリオン集団は人工衛星による偵察などを行ってはいるが、それほど熱心に調査をしているという印象はありません。たとえばオリオン太郎は自分の要求を口にするだけで、こちらの情報提供を求めてはいない。

　それでも彼が夜郎自大な自信家で、地球のことは全て知っていると自惚れているというならまだ話もわかります。しかし、彼は自分たちが人間のことを知らないという自覚はある。

　そうだとすればオリオン集団は調査など不要だと考えていることになる。無駄のない植民地化に調査が不可欠ならば……」

「やはりオリオン集団に地球の植民地化という意図はないわけか」

それが古田の結論だったが、桑原は別の意見も持っていた。

「あるいは、彼らの植民地計画は我々の都合など完全に無視したもので、こちらを最初から力でねじ伏せるつもりである、その可能性もあるでしょう。彼らがとてつもない力を持っているのは事実ですから」

「何か武器の話でもしたのか？」

「いや、秋津さんの資料にありました。星と星の間を戦艦ほどの宇宙船が一〇〇年以内に移動するとして、必要なエネルギー量は幾らかというものです。

それによると、どうも火薬の量にして五〇〇〇億トンのエネルギーに匹敵するらしい。

二六年前の桜島の噴火のざっと一〇〇〇倍のエネルギーとのことです。

先の欧州大戦は総力戦であり、山河の形が変わるほどの激戦が続いたが、それでも火薬の消費量は一〇〇〇万トンに満たない。オリオン集団が操れるエネルギーの総量は、我々が扱っているエネルギー量を遥かに凌駕（りょうが）するわけです。大陸一つを難なく吹き飛ばすだけのエネルギーを彼らは手にしていると考えてよいでしょう」

古田には桑原の説明をどう解釈すべきかわからなかった。五〇〇〇億トンの火薬に相当するとか、桜島の噴火の一〇〇〇倍のエネルギーとか言われても、具体的なイメージが掴めない。ただ漠然とそんなエネルギーが戦場に投入されたなら、阿鼻叫喚の地獄絵図になることがわかるだけだ。

しかし古田は、そこにオリオン集団のジレンマがあるのではないかと思った。つまり地球を壊滅させるだけのエネルギーを彼らが扱えるとしても、現実には行使できまいということだ。

彼らが何を目的に地球を訪れているにせよ、地球そのものを破壊しては元も子もあるまい。彼らが圧倒的な力を持ちながら大使館開設までに手間のかかる交渉を続けているのも、つまりはそういうことなのかもしれない。

「それで、いま現在、オリオン太郎の真意を測りかねているのが、大使館の設置場所です」

桑原の言葉に、古田は意外な気がした。

「オリオン屋敷を大使館にするんじゃないのか？」

「それはあくまでも臨時の処置です。正規の大使館は別に開設されます」

「まぁ、あの山奥に開設しても実務には不便なだけだろうが。どこを希望してるんだ？」

古田はふと、嫌な予感がした。たとえば東京市の一角に、大使館という名の日本の主権が届かない土地が生まれる可能性もあり得る。それが国会議事堂なり陸海軍の軍令機関の隣にでもなれば、国防上、重要な脅威となる。

そういう場所に大使館が作られてしまえば、オリオン集団の発言力は否応なく大きくなるだろう。強大な力を持った連中なのだ。

「オリオン太郎は、日本国内に土地を取得して大使館を建設することには関心を示していません。彼の提案は客船です」

「客船？」

地球の人間ではない相手とはいえ、古田もだんだんとオリオン太郎の発想について行けないものを感じ始めた。

「要するに日本本土に大使館という形で土地を確保することに、オリオン太郎は乗り気ではないというか、難色を示しています」

「そんなことを言っても、彼らは日本の委任統治領に勝手に拠点を築いていたじゃないか」

「大使館が正式に開設されたら、あの拠点は撤去することも検討するそうです。自分は次の会議までは猪狩とは直接会わないことになってるんですが、武園の話だと、委任統治領の拠点を管理しているのがオリオン花子で、大使館開設を担当しているのがオリオン太郎だそうです。

以前にも言ったと思いますが、オリオン太郎とオリオン花子の所属は異なる可能性が高い。

ですから、オリオン太郎の一存では、オリオン花子が管理する委任統治領の拠点の撤去を決定できない。オリオン太郎が客船を主張するのは、二人に与えられた権限の違いから生じているのではないか、自分はそう考えております」

桑原の分析を古田は興味深く聞いた。桑原は続ける。

「オリオン太郎は、実は大使館に利用する客船について、自分たちで提供できると申し出ています。オリオン集団が資金を提供して、それで客船を建造させるのかと尋ねたところ、そうではなく、自分たちの建造した客船を持ってくると」

「客船を持ってくる！　どこから？　造船所でもあるのか？」

桑原は黙って指を上に向けた。

「宇宙に客船が用意してあり、それを海上に下ろすだけだとか。なので東京湾内に客船を置き、そこを大使館とする。それがオリオン太郎の提案です」

「客船って、一万トンはあるだろう。そんなものを無傷で下ろせるのか？」

「できるからこその、提案でしょうね」

しかし古田は、その提案が重要な事実を含んでいることに気がついた。それは彼が陸軍省軍務局の人間だからこそ気がついたことでもあった。

「陸軍における部隊輸送の基準がある。歩兵三個連隊、砲兵一個連隊を基幹とする標準的な師団編制の場合、輸送に必要な船腹量は約一五万総トンだ。

オリオン集団の地上兵力の水準はわからぬし、そもそも地上兵力を持っているのかも不明だが、客船を簡単に宇宙から地上に下ろせるなら、彼らは地球の好きな場所に部隊を降下できるのではないか？　国境を要塞で守っていても、彼らは首都のど真ん中に完全武装の兵士を展開することができるだろう」

「客船は恫喝の材料ですか」

古田は桑原の理解力に喜んだ。これだからこそ彼とともに働ける。そこには陸海軍の違いなどない。

「彼らの意図の話となると推測の域を出ないが、オリオン集団は師団規模の部隊を世界に展開できる能力があると、我々は理解する。それを織り込んでの客船の投下なら、恫喝は言い過ぎとしても力の示威行為であるのは間違いない」

オリオン集団にはパイラとピルスという飛行機があり、猪狩の報告書によると、パイラは専用の着陸台が必要だが、ピルスは平地ならどこでも着陸できるらしい。

ピルスは驚くべき航空機だが、それでも一度に輸送できるのは完全武装の一個小隊規模であろうし、ある程度の戦力を輸送するにはそれなりの数を揃えねばならない。猪狩や桑原の証言から推測すれば、オリオン集団が保有するピルスの数は、師団規模の部隊を輸送するには到底及ばないと思われた。

　しかし、客船規模のものを降下できるとなれば、話はまるで違ってくる。少なくとも諸外国の軍隊は、オリオン集団の次元の異なる空挺作戦に備える必要が生じよう。

「これはやはり彼らの弱みなのかな」

「どういうことだ、弱みとは？」

　桑原が自分にはすぐにはわからないことを言うのが古田は気になる。

「客船の降下が潜在的な軍事的示威行為と我々に受け取られるとわかっているなら、どうしてその情報を小出しにするのか？　空挺の展開が少なからず奇襲効果を期待するものなら、それを先に明かすのは辻褄が合いません。

　彼らには正面から大規模な軍事力行使ができない事情があるのではないでしょうか。我々が彼らに脅威を感じ、その感情を利用することでこちらの譲歩を引き出したいのが本音かもしれない。そんな気がします」

　古田は桑原の分析が、自分の認識に近いと感じた。

「五〇〇〇億トンの火薬とか桜島の噴火一〇〇〇回分のエネルギーを操れる連中が、軍事力行使を躊躇うのは、大きなエネルギーしか扱えないからか？　必要なのは銃弾の一〇グラムの火薬なのに、オリオン集団には戦艦の一トンの砲弾より小さな単位はないようにな」

そしてここでも、桑原は古田の不安を掻き立てるような仮説を立てた。

「オリオン集団が過去に遭遇した高等生物がオベロ止まりなら、彼らは地球に来るまで自分たち以外の高等生物を知らなかったことになりますね。だとすると、彼らは戦争のやり方を知らないかもしれません」

「武器は優れているが戦略や戦術が稚拙かもしれないということか？」

「それと同時に、戦争の終わらせ方も。停戦交渉というものの経験がなければ、誰も望んでいないのに地球は焦土と化すかもしれません。何しろ彼らには司令塔が不在の可能性もあるんですから」

＊

昭和一五年九月一五日。内外情勢は色々と動き出し、政府直属の研究機関である総力戦研究所も動きが慌ただしくなった。

「大阪分室の立ち上げですか……」

この時、武園海軍中佐の上司は陸軍省軍務局の岩畔豪雄大佐であった。言うまでもなく、この上司というのは総力戦研究所内での話である。二人の所属は高級軍人だけをメンバーとする軍事研究班であった。陸軍大学校や海軍大学校卒が、とりあえずはメンバーの資格である。

ただ軍事研究班では、すでに陸海軍の壁は努めて意識されないような空気が作られていた。現時点では総勢二〇名足らずの陣容だというのもある。

それとともに重要なのは、総力戦研究所軍事研究班は憲法改正後は研究所の一部局としては廃止され、陸海軍統合参謀本部という最高戦争指導機関所属に再編される予定となっていたことがある。

再編後は研究班も人員を増員され、大規模な研究機関となる。だからこそ研究班の陸海軍の壁を取り払い、将来を見据えた組織文化を作り上げる必要があったのだ。

軍部の反発をかわすためと、建前としては大本営の発展的解消という形なので陸海軍統合参謀本部と名乗っていたが、首班は、天皇大権である軍令を代行する存在としての内閣総理大臣である。つまり陸海軍統合参謀本部は、政府の命令で軍部を動かす唯一の意思決定機関であった。

「統合参謀本部ができたとすれば、我々の負担は大本営の時よりも増えることがあっても減ることはない。軍事だけではない、内務と外務さらには経済の調整も行わねばならん。軍人だけでできる仕事ではないし、官民を結集しての事業となる。そのためには人材育成を急がねばならんが、東京だけでは間に合わん。西日本でも人材育成の拠点が必要だ」

岩畔はそう説明する。

「ということは大阪と決まったわけではない？」

武園はそれを確認する。彼には岩畔の話を聞いた時から腹案があった。

「人口が多いから大阪と言ったまでだ。別に大阪に固執する必要はない。何か心当たりでも？」

「京都帝大を中核としてはどうでしょう。帝大の中に分室を作る必要はないと思いますが、市内に作れば帝大をはじめとする大学の人材を活用できます。実際問題として、いまレニングラードにいる秋津も京都帝大の教授ですし、あの猪狩もあそこの卒業生です。人口では大阪ですが、京都とは電車で結ばれてますから大きな問題とはならないでしょう」

「京都の大学を人材の供給源とするのか……しかし、思想的に大丈夫なのか？」

岩畔は本気で心配しているようだった。

「班長、まさか京都学連事件のことを考えているんですか？　もう一四年も前のことですよ」

武園のいう京都学連事件とは、日本国内で最初に治安維持法が適用された事件である。全日本学生社会科学連合会が、小樽高商の軍事教練に対する反対運動の中で、大学構内に反対ビラを展開したことがきっかけで起きたものである。京都学連事件の学連とはこの全日本学生社会科学連合会の略称である。

この事件は最初は出版法違反で捜査が始められたが、関係者の家宅捜索の中で治安維持法に切り替えられたものであった。ただ特高警察などは、かねてより大学の社会科学研究を危険視していた経緯があり、この事件が国内初の治安維持法適用例となったのは偶然ではなかった。

とはいえ京都学連事件に関していえば、すべて特高警察に責任があったわけではない。じっさい特高警察は一度は関係者を逮捕したものの証拠不十分で釈放している。

むしろ、より積極的だったのは司法省・検察であり、警察を監督する内務省次官が検挙に待ったをかけているなか、京都や大阪の検事が強硬な態度で逮捕を主張していた。出版法違反で逮捕され、それが治安維持法に切り替えられたのもこのためである。司法省・検察が学連壊滅を意図して動いた結果であった。

「現実問題として、学連のようなものが脅威となる可能性はありません。それにですね、班長や古田さんならご存じでしょうが、満洲では関東軍や満鉄調査部が、思想はどうあれ有能な人間を活用しているじゃありませんか。あそこで働いている者の中には、日本に戻れば逮捕されるような人間もいると聞いてますが」

「まぁ、それはそうだがな」

武園は岩畔と働きながら、彼の人物というのがよくわからない。数々の謀略に関わってきたこの軍人を無条件で善人と呼べないのはわかる。しかし、私利私欲を貪る悪人かといえば、それもまた違う。彼は彼なりに国のために働いているのも確かだ。

武園の現時点での結論は、岩畔は国のために働いていて、かつ趣味の謀略を楽しんでいる、だった。これも実態を正しく表してはいないだろうが、武園の心情とは一致している。

それに岩畔は親分肌の一面もあり、彼の周辺には政官軍の人間はもちろん、裏社会の人間としか思えない連中の姿もなしとはいえない。

そうした清濁あわせ呑む度量が確かに彼にはある。そんな人間が、いまさら十数年前の学連事件を気にしているというのは武園には意外だった。だがここで岩畔はさらに意外なことを口にする。

「どうも新体制運動がらみで内務省の一部が動いているようだ」

「内務省が、ですか……まぁ、それは彼らも無関係ではないので動くでしょうが」

内務省とは地方行政や警察、土木を所管する行政官庁であり、昭和一三年に厚生省が分離するまでは社会衛生も管轄していた。このため内務大臣は有力政治家が就くのが通例であり、同様に内務官僚は官僚機構の中でもエリートとみなされてきた。

治安維持法に関して、時に内務省管轄の特高警察よりも司法省が強硬な態度で臨むのも、エリート官庁の内務省と二流官庁の司法省との権力闘争の側面もあったと言われている。

ただ改めて岩畔に言われてみれば、陸海軍統合参謀本部には内務大臣は含まれていない。戦争指導機関ということもあり、内閣総理大臣、陸相、海相、外相、それに枢密院議長の原則五名がメンバーである。ただし次官クラスの同席は認められる。

このような次第であるから内務大臣はともかく、内務省としては戦争指導機関に次官も送れないことに危機感を抱いても不思議はない。

「大阪に分室を作るというのは、内務省対策の意味もあるんですか？」

「主たる目的はやはり人材育成と確保だ。ただ怪しい動きには先んじて備える必要がある。首都で何かあっても、大阪分室があればそこで善後策を立てることもできるだろう」

そして岩畔はとんでもないことを言い出した。

「それで自分がいう内務省の動きとは、まぁ、いまのところは噂に過ぎないのだが、特高がオリオン太郎を治安維持法違反で逮捕しようとしているらしい」

「はぁ……」

武園も、そんな間抜けな声しか出ない。治安維持法は昭和七、八年に日本共産党を壊滅させて以降、ほぼその存在意義を失っていた。が、急拡大した組織が本来の目的を達成したからといって、自分から組織を解体することはまずない。特高警察や司法省の思想関連部門もその例に漏れず、人員や予算が増加を続けていた。

このため治安維持法の逮捕者が急増する中で、起訴件数こそ増えているものの、起訴率自体は低迷を続けていた。つまり起訴もできない根拠薄弱な逮捕がなされているということだ。

特高警察の関心は起訴ではなく逮捕にあった。昨今では資本論を知っているだけで逮捕される事例さえあった。さすがにこうした場合にはすぐに釈放されてはいる。彼らの視点に立てば、逮捕という行為自体が社会的な制裁になるので治安維持に効果ありという解釈だ。

武園も特高警察の動きには眉を顰めてはいたものの、軍人である彼としてはやはりどこか遠くの存在でしかなかった。

しかし、オリオン太郎を治安維持法を根拠に逮捕するというのは、さすがに内務省の神経を疑った。

「どういう根拠なんです？」

武園の疑問に岩畔は吐き捨てるように言う。

「根拠や理屈なんてのは後からなんとでもなる、満洲事変みたいなもんだ」

岩畔はさりげなく危ないことを言う。

「それに秋津の報告書によると、オリオン太郎は共産主義についての知識もあるらしい。そこそこ地球を調査すればソ連の存在は無視できまい。しかし、昨今の特高ならそれだけで、国体改変の準備作業の疑いで逮捕拘束するだろう。

しかも内務省の剣呑なところは、密入国の問題ではなく治安維持法を持ち出してくる点だ。アメリカからだろうが宇宙からだろうが、手続きを踏まずに入国したら普通は密入国だし、場合によってはスパイ容疑で逮捕となるだろう。

連中もオリオン太郎が地球の外から来たことはわかっている。情報は内務省の中枢には流れているからな。だから密入国には触れない」

「密入国を攻めるのが一番自然と思いますが、なぜ？」

武園がそう疑問を口にすると、岩畔は空を指さす。

「一体どこの誰がオリオン太郎を強制送還できるんだ？　空想科学小説みたいなロケット

なんぞないんだぞ。

それよりも治安維持法の取り調べで、オリオン太郎の身柄を手中におさめるのが一番の得策だ」

「本丸は統合参謀本部ですか？」

「だろうな。外相が入るなら内相も入れろってことだ。まぁ、本音は内相ではなく内務次官だろうがな、内務省の代表としては。

古田によると、オリオン太郎は客船を大使館にしたいと言っているそうだ。船舶の運航には逓信(ていしん)省も関われば、海軍も無関係ではない。内務省の横槍を避けるには、客船案を認めるのもありじゃないか」

「統合参謀本部に内務省を加えるのが、そこまで問題ですか？」

武園にはそのあたりの岩畔の考えがわからない。

「問題だろう、戦争指導に警察が関わるというのは。参考人として内務省の人間を呼ぶのは構わないが、最初から正規メンバーとして加えるのは戦争指導が軍部と警察の対立を起こしかねん。状況によっては警察が軍部を動かすようなことさえ起こり得る。軍部が従うべきは政府であって、警察に掣肘(せいちゅう)を受けるのはおかしいではないか」

「確認したいのですが、警察が軍部の行動に干渉しようとすることに反対するのはわかります。では、逆に軍部が警察に命令するようなことにも反対なのですか？」

「的確な指摘だな」

　岩畔は言う。

「武園の疑問はわかるが、冷静に考えてくれ。我々は前提として戦争指導体制の話をしている。戦争を行っている中での意思決定である以上、軍部が警察力より優位でなければならない。平時の行政を論じているわけではないのだ」

「ですが、そうであればこそ統合参謀本部に内相を加え、影響力を及ぼすようにするのが合理的では？」

「統合参謀本部は政治主導による戦争指導を行う組織だ。対等であるべき国務大臣に、変な序列をつけるのは、やはり望ましくはないだろう。序列をつけるくらいなら参加させるべきではないのだ」

「なるほど」

　武園はこの場では引いて見せたが、正直なところ岩畔が警察に対する軍部の優位を、戦争指導のみに限定して理解しているとは、完全には信じられなかった。

「特高がオリオン太郎を逮捕するのは最悪の想定だが、大使館が客船に置かれていれば、いよいよ東京が危険になっても大阪湾なり舞鶴や呉、佐世保の、西日本の海軍鎮守府に移動することが可能だ。そこで大阪分室の出番となるわけだ」

武園は岩畔の話もそれなりに筋は通っていると思ったものの、桑原から提出された報告書にも目を通していた。それは岩畔も同じはずだ。だから、宇宙から客船を地球に降ろす技術が地球の軍事常識を覆しかねないことを、自分同様に知っているはずだ。

しかし、ここまでの話では岩畔は内務省の動きを警戒しつつも、オリオン太郎たちの行動には脅威を感じていないように見えた。

「班長、いままでの話はオリオン集団の客船投下を肯定しているように聞こえますが、それで問題はないのでしょうか？」

岩畔はそれを聞くと意味ありげに笑う。

「否定してどうするのだ？　というより我々が駄目だと言ったところで、オリオン集団は必要と判断すれば客船くらい落としてくるさ。古田もそうだが貴官らはいささか視野が狭いな」

「どういう意味でしょうか？」

「客船が綺麗に太平洋に着水するとは限らんということだ。貴官らはこの客船投下をとてつもない空挺技術としか理解していないようだが、客船くらいの鉄の塊を東京やモスクワに衝突させることもできるということだ」

武園はその単純明快な指摘に、どうして誰もこの可能性に気がつかなかったのか、そっちの方が不思議だった。

「わかったようだな。我々はすでに上を取られている。オリオン集団は制圧したい場所に律儀に空挺部隊を降下させる必要はない。屑鉄を一万トンばかり落下させれば大都市だって木っ端微塵だ。

ならば反対して客船降下を強行されるより、日本政府が認めてやったから降下したという流れのほうが、この先のことを考えれば無用な軋轢を回避できる。

だからこそ内務省の暴走は阻止しなければならん。もっとも内務省の連中も馬鹿じゃない。空から客船が着水したならば、肝を潰してオリオン太郎を逮捕する気も失せるだろうがな」

ここまで話してきて、武園は岩畔と自分の間の格の差を感じずにはいられなかった。岩畔と比較すれば、自分は大局が見えていない。もちろん大局が見えているとしても、その判断が正しいとも断言はできない。それはまた次元の違う話だ。

ただ大局が見えない自分には、岩畔のようなスケールで（こうした言い方が適切ならば）謀略を立ち上げるのは確かに無理だ。

「それと貴官には大急ぎで準備してもらわねばならないことがある。色々と物事が急激に進んでいるからな」

「大阪分室の立ち上げですか？」

武園に浮かぶのはそれくらいだ。

「最初はそう考えていた。だが古田の報告で、状況が動き出してきた」

武園は古田に関しては岩畔とは異なり、癖は強いが善人だという印象を受けていた。粋がって悪ぶっているが、当人が思っているほど成功していない印象だ。おそらく古田自身は裏工作とか汚れ仕事を率先してやることで、自身を悪役と思っているのだろう。しかし、悪役と悪人は違うのだ。古田は悪役を演じれば演じるだけ、隙間からその善人ぶりが見えてくる。

それを承知で様々な工作に古田を使っているとしたら、岩畔大佐というのも、かなり食えない人間だろう。

「古田は何をやってるんですか？」

「まぁ、簡単に言えば議会工作だ。多数派工作というかな。もう直に臨時会として第七六回帝国議会が召集され、憲法改正について審議される。その目処がたった。予定通りなら月末にも憲法は改正され、陸海軍統合参謀本部が一〇月一日付で立ち上がる」

岩畔の話は少なからず武園を驚かせた。帝国議会の開催は早くても来月半ばと聞いていたからだ。そのスケジュールでもかなり駆け足なのに、今月中の開催など暴挙に近い。もっとも暴挙だからこそ、一気呵成に物事を動かせるのかもしれないが。

武園も、新体制運動の盛り上がりから多数派工作により憲法改正は可能と考え、秋津にそう話したこともあった。その時は問題ないと思っていた。

憲法の第七三条には改正規定がある。それに従うなら衆議院と貴族院のそれぞれで三分の二の出席した議会で、三分の二の賛成で改正できるとある。だから理屈の上では三分の二掛ける三分の二で、最低で両院の四割五分の議員さえ賛成すれば可能だ。

だが新体制運動で有利な立場を得ようとする議員たちは、政党の解体はすぐに着手したものの、もともと理念があっての解体ではないため、武園にも議員の離合集散は動きが読めなかった。

そして米内内閣の人事が陸海軍の統帥権を弱めようとしている点や、海軍軍令部総長や海軍大臣、外務大臣を自分に近い海軍閥で固めている点などから、軍部中心の一国一党主義体制を唱える勢力がこの運動に反対する姿勢を見せ始めた。

こうして軍部に恩を売ろうとする日和見(ひよりみ)主義者たちがそれに同調しようとする中で、多数派工作は困難を極めていたのである。

言ってしまえば、武園にはそうした工作は向いておらず、オリオン太郎の担当でもあったので、その任務は古田が中心で引き継ぐことになっていた。

武園としてはそれはそれで懸念があった。古田に悪意がないとしても、岩畔・古田と陸軍幹部での多数派工作の成功は、陸海軍のバランスとして陸軍優位に傾きかねない。とはいえ、武園が成功しなかった以上、これも避け難い流れであった。

「それでだ、オリオン集団の大使館開設も来月早々には実行できるだろう。そこでの交渉の中で、我々にも武器が必要だ」

「武器というのは？」

武園にはやはり岩畔の発想がわからない。

「貴官も目を通していると思うが、猪狩の報告書ではオリオン集団の秘密基地は日本の委任統治領にあるようだ。

ならば海軍が強力艦隊を編成し、その秘密基地に攻め込む……のは無理としてだ、包囲し、攻撃できることを示すのだ」

それには武園も驚いた。

「オリオン集団は戦艦や空母を一撃で沈めるような爆弾を持っています。艦隊を派遣し、それが万が一にも返り討ちに遭えば、日本にとって多大な損失です！」

「攻撃はされんよ」

岩畔は平然とそう言い放った。

「なぜです?」

「艦隊は大使館の開設前に派遣する。いいか、大使館開設を望んでいたのは誰だ? 我々か? いや違う、オリオン集団だ。であれば派遣した艦隊を攻撃するわけがない。ドイツやイギリスの軍艦を沈めても、それは日本に向けてのメッセージではない。日本政府は欧州大戦には中立の立場を宣言しているからにはそうなる」

「それはそうかもしれませんが、オリオン集団に撃沈された伊号第六一潜水艦は日本の船です!」

武園は岩畔の論の中に、人の命を平気で犠牲にする冷徹さを感じた。彼と自分の本質的な違い、それは理性が必要と判断すれば平気で人命を犠牲にできるところではないか、ふと武園はそう納得した。ただそれを岩畔の強さと呼べるかといえば、確信がない。時として武園は、岩畔に人として何か欠けているような気がするからだ。

ただ武園は、岩畔が一部の陸軍軍人のような好戦的な人間ではないこともわかってきた。昨今ではあちこちで口にされる大東亜共栄圏という言葉を発明したのは、他ならぬ岩畔大佐だ。神ならぬ岩畔としては、その大東亜共栄圏という言葉が独り歩きを始めたことに内心では驚いているようだ。多くの場合、戦争と不可分な文脈で口になされるからだ。

しかし、岩畔の真意は別であるという。彼の構想する大東亜共栄圏は日本の領土が自存圏として存在し、それを守るための周辺領域を防衛圏としていた。彼の構想では戦争は防衛圏で行われ、日本本土は傷つかない。そして防衛圏の周囲に経済圏が構築される。

つまり彼のいう大東亜共栄圏は、危機管理上の利害と領域の境界線の設定であるのだ。そうした彼は、オリオン集団にどう対応するのか？　武園の質問の意図はそこにあった。

「まず貴官に認識して欲しいことがある。我々軍人とは戦争を前提として存在している。だからこそ戦争の目的を考えねばならん。

とかく軍人は敵の殲滅を口にする。戦術レベルではそれは正しいだろう。しかし、国の戦略としては間違いだ」

「班長は戦争に勝つことが間違いだと？」

武園は冷や汗が出た。陸軍大佐であっても、こんな発言を理由に刃物を向けてくる人間は珍しくないのだ。

「戦争には勝たねばならん。しかし、敵軍の殲滅が戦争の勝利ではない。それは戦術的勝利に過ぎない。

戦争の目的とは、敵国だった存在と戦後は共存してやっていくことにある。戦場での勝利はそのための手段であり、畢竟、戦争そのものが手段だ。

例えばだ、海軍がアメリカ艦隊と戦って日本海海戦のような勝利をおさめたとする。だがアメリカは臥薪嘗胆、いまの戦力の三倍の艦隊を建設したとして、それを我が国の勝利と言えるかね？

逆に、日米艦隊決戦により双方が満身創痍で艦隊の九割を失ったが、それで講和して、太平洋で共存する道が開けたなら、それは敗北か？

同様のことがオリオン集団に対しても言えるのではないか？」

武園が黙っていると岩畔は続けた。

「昭和一二年一二月一二日、日本海軍はアメリカの河川用砲艦パナイ号を誤爆し、沈めてしまった。だが早急な謝罪と賠償で、日米戦争が起こるようなことはなかった。軍艦一隻の沈没なら、必ずしも被害加害双方の関係を決定的に悪化させはしない。

オリオン集団は潜水艦は沈めたが、一部とはいえ人命救助も行った。そして政府見解は公式には訓練中の事故だ。

これもまた潜水艦一隻だからこそ、政府も紛争回避という選択肢を選ぶことができた。しかし、これが限界だろう。複数の艦艇が沈められれば、オリオン集団は犯罪者集団として扱われよう。国として認められる目はない。つまりだ。艦隊攻撃は大使館設立の可能性を失わせることになる。奴らにとって大使館開設がどういう意味を持つにせよ、その実現のための重要な局面で、艦隊に攻撃を仕掛けるような愚は犯すまい」

「艦隊を攻撃すれば戦争となる。だからこそ攻撃できず、故に艦隊は安全だとおっしゃるわけですか？」

武園は自分の中の感情を持て余していた。論として岩畔の仮説は成り立つ。その仮説に説得力があることは理解できる。

しかし、仮説は仮説に過ぎない。それが間違っていた場合、犠牲になるのは現場に向かう艦隊の将兵なのだ。

「班長の仮説が間違っていたならば？」

岩畔は、その問いに含まれている武園の意図を正確に読み取っていた。

「海軍に、いや陸軍でもだが、軍に奉職するというのは、国家の危機に際して命を投げ出す覚悟があるということではないのか？　オリオン集団の存在は、現時点では国家の危機には見えない。しかし、国際情勢が世界戦争へと向かっているなかで、彼らの存在は一国の、いや世界の生存を左右しかねない。

軍人として命をかけるだけの価値はあるのではないか？　違うかな？」

「班長のおっしゃることは、オリオン集団の拠点へと調査に向かう艦隊将兵の心構えとしでは、その通りだと思います。

ですが、自分は班長の意見には従えません」

岩畔は武園が何を言っているのか、心底わからないようだった。

「どういうことだ？　意味がわからんが」

「艦隊の部署についた将兵には死ぬ覚悟があるとして、それを送り出す我々はどうかということです。艦隊が全滅したとしても、我々は総力戦研究所の中で生きている。安全な場所にいる人間が、自分たちが送り出した人間に対してのみ覚悟を強いるのは、軍人として公正かということです」

「自分は日本にとって必要と信じることを実現するために、悪党と糾弾されても生き続け、なすべきことをする覚悟は陸士の時からできている。国賊と罵られ、一〇〇〇年その名が蔑まれたとしても、一片の悔いもない。己の信念は己が一番わかっている」

やはり自分は岩畔には勝てない。武園はそのことを再度突きつけられ、切なさを覚えた。それでも為すべきことはわかった。

「では、小職は、その艦隊に首席参謀として乗り込みましょう。万が一の時には軍神にでもしていただければ幸いです。悲しいかな、小職には班長のように悪党になりきれるだけの胆力はございません」

「古田も貴様も、楽に生きることを考えんと自分のような悪党にはなれんぞ。ともかく自分は陸軍だから艦隊のことはわからん。とりあえず艦隊編制の草案を作ってくれ。それを元に、海相なり首相なりに掛け合って、自分が了解をもらう。まぁ、命令自体は海相からになるだろうがな」

こうして第四艦隊の編成作業が始動した。

6章　前哨戦

九月二五日〇五〇〇。第四艦隊本隊のウルシー環礁到着のほぼ一一時間前。前衛である伊号第九潜水艦は浮上していた。艦首に波をたて、速力をあげている。そして潜水艦の艦首部のカタパルトの上では、零式小型水上機の組み立てが進んでいた。

偵察目的で潜水艦に飛行機を搭載する研究はヨーロッパでも第一次世界大戦後から行われていたが、研究の域を出ることはなかった。

まずヨーロッパという地理的な環境と偵察機の性能向上により、あえて潜水艦に搭載しなくても、航空偵察が可能となったことが大きい。

さらに隠密性を武器とする潜水艦の場合、水上偵察機の運用は、潜水艦の活動範囲に制約を課すことが予想された。発艦した偵察機は回収しなければならず、このことが潜水艦の隠密性や行動範囲の限定など、戦術的柔軟性にマイナスに作用すると考えられたのである。

これに対して諸外国と異なり、艦隊決戦思想を前提として、広大な太平洋で作戦できることが日本海軍の潜水艦には求められた。日本からアメリカ西海岸までを往復できるような航続力も、来航するアメリカ艦隊を追躡(ついじょう)し、反復攻撃する戦術のためだ。

さらに艦隊決戦における潜水艦の戦術運用は偵察機の搭載を必要とした。広い太平洋上で、敵艦隊をいち早く発見するためだ。この目的のためには日本海軍の新鋭潜水艦には偵察機が搭載されたものが少なくなかった。

こうした経緯は藤井明義艦長も理解していたが、零式小型水上機の組み立てを司令塔から見ながら、彼はある種の切なさも覚えていた。第四艦隊にも電波探信儀搭載軍艦が何隻かある。いまは戦艦や空母にしか搭載できないとしても、いずれ潜水艦にも搭載されるだろう。

そうなれば敵地の偵察もずっと楽になる。潜水艦は海中に身を潜め、電探のアンテナだけを海面に出せば相手の動向は探れるのだ。浮上して水偵を回収するまで、潜水艦の行動の自由を奪われるようなことは無くなるわけだ。

「八分三〇秒です、悪くない」

ストップウォッチを見ながら呟いたのは、傍にいる中村直三航海長だった。巡洋艦より大型の軍艦では水偵の運用を担当する飛行長という役職があるが、潜水艦にはない。水上偵察機は乗組の将校や下士官が運用する。あとは若干の整備要員だ。それらの所属は必ずしも明確ではなく潜水艦により違う。小型艦艇では人数の少ない分隊を束ねて一つにまとめ、適当な分隊長の指揮下に置くことは普通にあるからだ。

偵察機にしても、エンジンを扱うから機関長傘下のところもあれば、航海兵器と解釈し、航海長傘下におく艦もある。伊号第九潜水艦では、副長格の航海長が水偵を管轄することとなっていた。

「もっと急がせればどうなる？」

藤井潜水艦長の知識では、零式小型水上機は司令塔と連なっている格納筒から機体を引き出し、組み立て、射出まで一〇分と聞いていた。八分三〇秒は上々だが、潜水艦の指揮官としては、さっさと飛んでいって欲しいというのが本音だ。

「どこかの潜水艦で七分を切ったところがあると聞きました。しかし、そこまでの短縮に意味があるとは思いません。時間短縮より、確実な仕事を求めるべきです」

もとより藤井潜水艦長に異存はない。

水上機が組み上がると、乗組の荒川淳一大尉と高井戸健三航空兵曹が乗り込む。荒川が操縦を担当し、高井戸が航法の担当となる。

空冷星形九気筒の天風（あまかぜ）エンジン三八〇馬力が始動する。エンジン音に異常がないのは藤井にもわかった。今時の飛行機としては非力だが、潜水艦に積み込める小型機としては健闘している。

藤井は腕時計を見る。水上機の最大航続力は約八八〇キロ、最高速度は毎時二四〇キロだが、巡航速度が毎時二〇〇キロ程度なら、飛行時間は最大で四時間というところか。何もなければ一時間と少々で現場に到達する。ウルシー環礁は最大幅でも三〇キロ前後であるから、水上機は三時間以内に帰還することになろう。そんな計算を藤井潜艦長はしていた。

潜水艦は正面から波を切りながら前進し、その度に上下に揺れるが、周期を計りながら、カタパルト担当の下士官が火薬の点火ボタンを押した。軽い爆発音とともに、火薬のガスがピストンを押し、カタパルトから小型水上機が打ち出される。タイミングが適切だったので、海面に叩きつけられるようなことはなかった。

そして水上機はまだ薄暗い空の中を、ウルシー環礁に向けて飛んでいった。

「水上機は何を見るでしょうね？」

そう尋ねる中村に藤井は言う。

「未知のものを探すんだ。それが見当たらねば、偵察は失敗だ」

＊

荒川大尉と高井戸航空兵曹を乗せた偵察機は順調に高度を上げていった。しばらくは伊号潜水艦を中心に螺旋を描くように高度を稼いで行く。旋回したのは、偏流の具合を確認するためと、荒川の眼下で潜水艦の姿は着実に小さくなってゆく。いまここで不調が見つかれば、引き返すことは可能だ。しかし、機体の点検も兼ねている。エンジン音も快調に動いていた。

そうして荒川は伊号潜水艦の艦首の向きを参考に、ウルシー環礁へと向かった。高度を上げるに従い、環礁とは反対方向の水平線のもやの中に艨艟（もうどう）らしいマストが見えた。伊号潜水艦が第四艦隊の本隊に先行しているのは確かであるが、その距離は着実に縮まっていた。

戦艦金剛のマストの天辺には電探のアンテナがあるという。荒川自身はそれを見たことはないのだが、事前の説明ではそうなっていた。それがあるから水平線の彼方でも金剛は伊号第九潜水艦を見失うことはない。

それどころか現在位置からなら、金剛の電探はウルシー環礁から接近する飛行物体を捕捉できるという。もちろん自分たちの小型水上機も観測されているだろう。

つまり小型水上機に対してオリオン集団がどのような動きを見せるのか？　説明はされていないが、第四艦隊司令部は自分たちの偵察活動から、そうした情報を読み取ろうとしているはずだ。

「まずウルシー環礁のファラロップ島に向かう。そこから反時計回りに環礁を偵察する」

荒川は伝声管で後部席の高井戸にそう説明する。このことは出発前にも確認しているが、最終確認だ。

ウルシー環礁には多数の島々が点在していたが、拠点として活用できそうな比較的大型の島は概ね北部に偏在していた。最大の島がファラロップ島で、航空基地があるのもそこだと考えられていた。

ファラロップ島以外にも基地施設を維持できそうな島は六ヶ所ほど候補に挙がっていた。理屈の上ではこの環礁で最大七〇〇隻の艦船が収容可能と見積もられていたが、日本海軍にとっては戦略的な重要性は低いとみなされ、このため海軍施設は何もない。

理由は単純で、米太平洋艦隊などが来航するのを艦隊決戦で降すのが日本海軍の戦術であり、その文脈の中にウルシー環礁の出番はないからだ。むしろこの環礁の価値は米太平洋艦隊の側にある。ここに巨大な兵站基地が建設できるなら、太平洋艦隊の長大な兵站線の問題を一気に解決できるからだ。

荒川大尉も海軍兵学校は出ているから、この辺の戦術的な理屈はわかる。しかし彼が受けた説明は、正体不明の強力な武装集団がウルシー環礁に軍事施設を建設しているというものだった。オリオン集団という呼称も「相手にこちらの動きを気取られないための符牒である」と教えられていた。

さすがに荒川もその説明は不正確なのではないかという疑いはある。ただかなりの秘密を要するものだろうと予想がついた。というのも、海兵の同期などと話をすると、「オリオン集団は火星人のように宇宙から来た」などという噂を幾つも耳にしたためだ。

そんな馬鹿な話があるはずがないのは常識でわかる。つまり委任統治領で外国軍が基地を建設していたとしたら大変な外交問題になり、下手をすれば戦争に発展しかねない。だから「宇宙から来た何者かの基地」という噂を流しているのだ。

もちろん軍令部や海軍省の考えていることなど末端の人間にはわからない。しかし荒川は、自分の推測がそれほど外れていないと考えていた。

偵察機はウルシー環礁に南東方向から接近していた。大型船舶が出入りできるのは南東にあるムガイ水道だからだ。もしもここを軍事拠点とする外国軍がいるとしたら、多数の艦艇がこの水道の周辺に停泊しているはずだ。

「金剛からは何も言ってこないか？」

「金剛からの入電はありません」

高井戸は無線と航法の担当だった。一部の例外を除いて、艦隊旗艦から末端の偵察機に命令や情報が直接送られることはない。大抵は偵察機を発艦させた艦艇を介して送られる。

飛行機と艦艇の通信能力の違いもあるし、軍隊という縦構造の組織では、頭越しの情報伝達は避けるべきとされているからだ。

しかし、いまの荒川と高井戸の状況はその例外的なものだった。存在を秘匿したい潜水艦は極力電波を発したくないし、そして旗艦金剛は荒川らの動きを電探で監視し、直接連絡を取る必要があったからだ。

戦艦金剛の電探が何らかの飛行物体の動きを察知したならば、それはすぐに荒川たちにも伝えられ、次の行動を指示される。今回はそうした流れであったが、金剛からの通信はない。つまり飛行物体は感知されていない。

「偵察員、注意しろよ。昨晩も国籍不明の潜水艦が我々に接近してきた。少なくとも潜水艦が停泊しているはずだ」

荒川は後部席の高井戸に指示を出す。昨夜の潜水艦騒動は荒川も知ってはいたが、艦内から外に出ることは許されていないため、何が起きているのかはほとんどわからない。国籍不明の潜水艦が浮上してきて示威行為をした程度の説明しか受けていないのだ。

それでも潜水艦単独での示威行為は考えにくく、相応の規模の艦隊は存在しているはずだった。日本の委任統治領に拠点を築くからには、戦争とは言わないまでも武力衝突の可能性くらいは考えているだろう。

「機長、前方にムガイ水道です」

荒川も高井戸も偵察飛行の訓練は受けている。どの距離で、どの軍艦が、どのように見えるのか？　そうした艦艇識別訓練は特に重点的に行われた。それが正確にできなければ偵察機を飛ばす意味がない。

だがムガイ水道の状況は、艦艇識別能力を発揮する以前のものだった。ウルシー環礁内に潜水艦はもとより、軍艦の姿も、貨物船の類さえ見当たらない。

「ムガイ水道に到着、環礁内に船影なし！　そう報告しろ！」

荒川は高井戸に命じた。ウルシー環礁は艦隊の拠点とするのに理想的な場所であり、オリオン集団が基地を築いている。日本海軍はその情報を信じ、第四艦隊はそれに基づいて編成され、派遣された。

しかし、その情報は間違いであったらしい。環礁内に船舶が一隻もないのに、拠点を維持することなど不可能だ。

「機長、もしかして我々の接近を察知して、早々に逃げたのでは？」

高井戸航空兵曹の意見は、荒川大尉にも納得できるものだった。すでに金剛の偵察機が国籍不明機と遭遇しており、自分たちも潜水艦を目撃しているではないか。ウルシー環礁に拠点を築いていた何者かが脱出する時間は十分にある。

「低空を飛行する。写真撮影の準備をしろ」

荒川は命じ、水上機の高度を一気に下げた。艦船は環礁から逃げることは可能だろうが、ファラロップ島などに支援施設は残されているはずだ。あるいはそれらを撤退前に爆破することも考えられるが、それにしても痕跡は残る。

ウルシー環礁の島々は、いずれも平坦で滑走路などを建設するのはさほど問題はないと思われていた。島が小さいために大規模な滑走路が敷設できないくらいだろう。

しかし、低空から偵察しても滑走路の姿はない。飛行機が接近してきたというのだから、滑走路はあるはずだと思ったが、そんなものはなかった。

それどころかファラロップ島のどこを見ても、そもそも建築物が見当たらない。基地どころか小屋もない。

「高度を限界まで下げる、この島は何かおかしい」

最初、荒川は島に軍事施設がないことに違和感を覚えていたが、すぐにそれだけではないのに気がついた。上空からは島は緑に覆われているように見えたのだが、高度を下げるに従い、それは草木の緑よりも苔（こけ）の緑に近い印象を持った。

そしてさらに観測すると、地面そのものが暗緑色であることがわかってきた。これは迷彩なのか？　最初はそんなことも考えたが、迷彩にしては稚拙なようにも見える。少なくとも軍人ならもっと凝った迷彩にするだろうが、眼下に見える暗緑色の地面は素人の仕事としか思えない。

ただ施設らしい施設が見えないのも確かである。それでも高度を一〇〇メートル以下にまで下げて、荒川はようやく自分の勘違いに気がついた。

最初は島のあちこちに高さ一〇メートルから五〇メートルの丘陵が連なっているように見えていた。しかし高度を下げてから、それが自然の丘陵地帯ではないことがわかってきた。似ているのは山間部の棚田だろうか。あるいは構造としては鏡餅のほうがより正確かもしれない。

平坦な島の上に高さ五メートルほどの不定形の土盛りがあり、その上にさらに同様の土盛りがある。そうやって、高さ五メートル単位で不定形の板を積み重ねるような構造で丘陵地帯ができているのだ。

荒川は海軍航空隊の人間で、陸軍工兵ではなかったが、それでもウルシー環礁でこんな構造物を作ることの困難さはわかる。というより普通の技術ではこんな土木工事は実現不能だろう。海抜が極端に低く、本来なら山はおろか丘陵さえないはずの環礁で、これだけの土木工事をするための大量の土砂をどこから調達するというのか？

「機長、どう報告します？」

高井戸に尋ねられて、荒川は任務に引き戻された。この予想外の状況をどう報告すべきか？

「まだ報告は早い。偵察を続ける」

それは荒川の恐れでもあった。自分に経験のない状況をどう報告するべきかわからない。彼はともかく時間を必要としていた。見たままを報告するのではなく、理解できる報告をしたかったのだ。

彼はファラロップ島の周辺を旋回する。この積み上げられた島の構築物に大砲の一つもあれば、それは砲兵陣地なり要塞なりと自分に理解できる言葉で処理できる。だからこそ彼は使い慣れた言葉で表現できるものを探した。

しかし、人工的に築かれたと思われる層状の丘陵には、砲台はもちろん人の姿も、生活の痕跡も見当たらない。何らかの軍事施設という勘は働くのだが、正体はわからないままだ。

だが荒川は島の上空で、自分が望んでいたものとは全く別のものを目にすることになった。一番大きな丘陵は曲がった瓢箪のような形状をしており、差し渡しで六〇〇メートル、最大幅で二〇〇メートル、最小幅で一〇〇メートルほどあった。

その丘陵の頂部は他の丘陵と同様に平坦になっていたが、その一角に円形の穴が生じたのだ。穴は左右にスライドする壁により隠されていたらしい。水上機から穴の内部まではわからなかったが、かなり大きな空間があるのは間違いない。

「緊急電だ！　敵は巨大地下要塞を建設している！」

荒川は高井戸にそう命じた。厳密にはそれらは地上の丘陵をくり貫いたもので、地下とは言い難いのであるが、荒川はそれによりすべてが腑に落ちたのだ。

穴の大きさは直径七〇メートルはあるようだった。海軍の陸攻なら二機が並んでも十分余裕があるほどの大きさだ。そして、その穴から座布団のような四角い飛行機が垂直に上昇してきた。

飛行機が外に出ると、穴は数秒で閉まっていた。相手の武装はわからないが、全幅一〇メートルの零式小型水上機で太刀打ちできる相手でないのは明らかだ。

「写真だ！」

荒川は叫ぶ。偵察任務として、可能な限り相手の情報を得る。そのためにはこの座布団のような飛行機の写真も価値がある。

ここにきてこの飛行機が現れたのは、自分たちの偵察が彼らにとって好ましいものではないからだろう。もっとも自分たちにわかるのは、環礁に要塞が建設されていることだけで、その能力は外からはわからない。

ただ第四艦隊が迫っているにもかかわらず、逃げることなくいまだウルシー環礁で活動を続けているのはわかる。

「うぇっ」

伝声管に高井戸の悲鳴が聞こえた。

「どうした？」

「無線機の異常です！　妨害電波で使えません！」

「何だと！」

高井戸が外したレシーバーからは、荒川の席からでも甲高いピーという音が聞こえた。

機体を反転させると妨害電波はすぐに小さくなり、無線機は正常に戻った。それは妨害電波兵器としてはいささかお粗末な性能だ。むしろあの飛行機の電波を無線機が拾ってしまったと解釈するほうが筋が通る。

しかし、そうだとすれば、あの飛行機の馬力には恐るべきものがある。これだけ強力な電波を発するには、かなりの電力が必要なはずだ。電力がエンジン馬力の余力で賄われるものなら、エンジン馬力の程度もわかる。そこで荒川は気がついた。

「司令部に報告！　あの座布団のような飛行機にはプロペラがない！　ロケットの一種と思われる！」

海軍兵学校卒の荒川は、この時期の航空機搭乗員としては高い教育訓練を受けていた。だから目覚ましい航空機技術の中で、プロペラ推進には技術的限界があることや、その限界を打破できるのはロケットに代表される反動推進であることは学んでいた。

さすがに未来技術なのでロケット飛行機の実物を見たことはなく、それがどんなものかは荒川も知らない。だがいま目の前を飛んでいる飛行機がロケットのような反動推進であるなら、垂直に上昇したことも説明がつく。

そこまでの分析はついたものの、荒川はここからどうするか決めかねていた。自分たちの水上機には七・七ミリ機銃が一丁あるが、そんなものが小さなビルほどもある飛行機に通用するとは思えない。運が良ければ孔の一つも開けられようが、撃墜など思いもよらないだろう。

逆に、あのロケット飛行機なら仮に非武装でも、自分たちの水上機に軽く接触するだけで墜落させることができるだろう。

荒川はそうして数度にわたって、問題の飛行機に関する詳細を報告させる。

「航法員、帰還すると司令部に伝えろ！」

任務の性質上、荒川の判断で偵察を中断することは認められていた。生還した搭乗員以上に情報を持っている存在はないからだ。

それと同時に荒川は、自分たちが退避することに対して、あの飛行機が果たしてどんな反応をするのか、それを確認したかったのだ。

零式小型水上機は再び高度を上げ、ムガイ水道を経由して伊号潜水艦へと向かった。追跡されるのではないかという懸念はあったが、それを言い出せば荒川も高井戸も永久に潜水艦に戻ることができないだろう。

それに昨夜のことを考えるなら、オリオン集団と呼ばれる連中はすでに伊号潜水艦の接近を知っている。そもそも潜水艦は浮上して停泊した状態であり、オリオン集団に発見されることは想定内だ。

座布団のような飛行機は、最初は荒川らの偵察機まで上昇し、そしてぴたりと後ろについた。位置関係が安定している間に高井戸は多数の写真を撮っている。その状態でウルシー環礁を抜けて一〇キロほど追尾すると、座布団のような飛行機は反転し、ウルシー環礁へと戻る。

それは先ほどとは打って変わった高速で島まで戻ると、上空で静止し、そしてそのまま垂直に着陸する。再び穴が開いたかどうかはわからないが、おそらく要塞内の格納庫にでも戻ったのだろう。

こうして伊号第九潜水艦の偵察機は、母艦へと生還した。

＊

九月二五日〇五四五。伊号第九潜水艦搭載の零式小型水上機が、ウルシー環礁で未確認飛行物体と遭遇したとの報告は、いち早く第四艦隊旗艦の金剛でも傍受された。

「この座布団のようなロケット飛行機は、まず間違いなくオリオン集団が用いるピルスという飛行機でしょう」

首席参謀の武園は片桐司令長官にそう言うと、茶封筒から四枚の紙を広げた。三枚は同じ人間が描いたらしい、絵画として美しいかはともかく、形状は非常に正確に描かれていると思われた。

残り一枚は、この三枚のスケッチをもとに製図化したピルスの三面図であるらしい。その図面を信じるなら全幅二〇メートル、全長三〇メートル、全高五メートルはあるようだ。

「これは信じていいのか？」

片桐司令長官は首席参謀の武園に不機嫌に確認する。こんな図面は初めて見た。ピルスとかパイラなる飛行機があるという話だけは聞いていたが、ここまで詳細が把握されているとは司令長官である自分でさえ初耳だ。

「じっさいにこの飛行機に乗った人間の証言です。信頼性は十分です」

「今回の作戦は随分と秘密が多いのだな」

片桐も大人気ないとは思いつつも、つい皮肉が出てしまう。ただ武園の苦渋に満ちた表情を見ると、少しばかり自己嫌悪を感じた。結局のところ武園の情報に秘密が多いのは彼の責任ではない。政治や軍事が分断されている状況で、情報共有の仕組みが整っていないことから生じているのではないか。だから、腹が立つからといって武園を責めるのは公正な態度とはいえないだろう。

むしろここで考えるべきは、司令長官としての自分の采配だ。

「二航戦司令官に偵察機を出すよう命じてくれ。編成は司令官に一任するが、爾後の攻撃の可能性も鑑み、偵察部隊は最小規模とせよとな」

片桐司令長官の命令に武園は明らかに驚いていた。

「長官、爾後の攻撃の可能性とは！」

「驚くことはなかろう、首席参謀。相手の正体が不明である以上、偵察活動が戦闘に拡大する可能性は常にある。むろん我々はそれを極力避けるべく考えている。だが相手のある問題だ、不測の事態にも備えねばならん。その意味での攻撃の可能性だ」

「攻撃命令ではないのですね？」

武園は片桐の前に立ちはだかるようにして、それを確認する。おそらく武園は海軍上層部からそこまでの行為は認められていないのだろう。戦闘は止めるように自分を説得するのが首席参謀の役割ということだ。

武園に命じた海軍上層部も、海相にしろ軍令部総長にしろ、米内首相の後輩であり、近い関係にある。軍事と政治の制度的な分断は、海軍に関して言えば属人的な関係性で辛うじて解消されているに過ぎない。それを法的根拠を持った制度にしようとしているのが現政権の目的と聞いている。

そういう微妙な時期にあってオリオン集団の問題は、敵対勢力に政治利用される恐れは常にある。ならばこそ武園が秘密主義に走るのはわからないではない。

ただ情報不足で司令長官としての判断を誤る可能性も相応に高くなるのと、そこで問題が起きた時の責任は、自分ではなく、自分をコントロールできなかった武園が負うことになるだろう。

それは片桐個人としては気の毒に思わないではない。しかし、司令長官としての自分には、与えられた情報の中で判断を下す責任があるのだ。

「攻撃が必要な状況に至った場合には、それに即応できるようにするということだ。武器は使わないようにするとしても、必要な時すぐに使うための準備は無駄ではあるまい」

「確かに」

武園は片桐に道を譲った。

＊

九月二五日〇五四〇。空母飛龍からは四機の航空機が順次出撃した。偵察用に三座の九七式艦攻が二機と、それを警護するための零式艦上戦闘機が二機の、計四機である。命令から一〇分足らずでこの四機が出撃できたのは、第二航空戦隊司令官の山口多聞（やまぐちたもん）少将が即応準備を命令前から進めていたためだ。

彼は伊号第九潜水艦に偵察命令が出された時点から、二航戦に偵察機派遣の命令が下ると読んでいたのである。理由は明快であった。

潜水艦搭載の零式小型水上機では、偵察機としての能力不足から、より高性能な偵察機に対して出動要請がなされると考えたのだ。

空母戦隊の指揮官だけに、山口司令官も追浜の四発陸攻やその周辺の噂は耳にしていた。ただ、海外の戦闘機隊を全滅させた爆撃機の類については信用していなかった。戦時下のヨーロッパであれば、そうした一方的な戦闘についてはプロパガンダと考えるべきだ。それが彼の立場だった。

追浜の四発陸攻にしても、非武装の戦闘機一機を奇襲すれば、撃墜することは十分可能と判断していた。

それに日本がグアムかどこかを威力偵察するというなら、撃墜の危険も考えねばならないだろうが、現実は逆だ。日本の委任統治領の状況を艦隊が偵察に向かうだけであり、撃墜されるいわれはない。

じっさい昨日も国籍不明機と金剛の偵察機が接触したが、武力衝突は起きていないという。オリオン集団という組織の飛行機はロケット機の一種との噂もあるが、軍用機に速度は重要とはいえ、速ければいいというものでもない。

万が一にも二航戦の艦載機を攻撃し、撃墜するようなことがあれば、ウルシー環礁の拠点は木っ端微塵に吹き飛ばされる覚悟がいるはずだ。それくらいの判断は、オリオン集団にも可能なはず。それが山口多聞少将の考えだった。

「爆装しますか？」

部隊の発艦前にそれを確認したのは、空母飛龍艦長の横川市平(よこかわいちへい)大佐であった。艦攻は艦上攻撃機というくらいだから爆弾も魚雷も搭載可能だ。山口司令官は飛龍の島型艦橋から飛行甲板を一瞥する。艦攻はすでにエンジンを始動し、発着指揮所の許可が出ればいつでも発艦できる態勢だ。横川の意図は、爆装を命じるならこれが最後のチャンスという意味だ。

「いや、爆装は不要だ。不用意な武装で相手を無駄に刺激する必要もない。それに偵察なら身軽なほうが都合が良かろう」

こうして爆装作業で遅れることもなく、偵察隊は発艦することとなった。

*

吉田尚一(よしだしょういち)航空兵曹長は、殿(しんがり)として待機する艦攻の中で、僚機の発艦を見ていた。飛行甲板先端からは風向を報せるための水蒸気が上がっていた。空母は艦首に風を当てていた。すでに空母が最大速力を出しているのは、水蒸気が飛行甲板に張り付くように流れていることからもわかる。吹き流しもそれを裏付ける。

最初に発艦するのは戦闘機だ。軽いので、飛行甲板の艦攻よりも前の位置に待機していた。発着指揮所から「発艦よし」の信号が出ると、まず最初の零戦が加速し、そして軽々と浮かび上がった。そうして飛龍の周囲を旋回する。

二機目の戦闘機も発艦し、それは空母の周囲を旋回しながら、先発機と合流し、編隊を組んだ。

重量のある艦攻は、飛行甲板全体を使う。だから待機位置は飛行甲板の一番後ろの領域となる。とはいえ、そこまで飛行甲板が必要なのは雷装している時くらいで、非武装の今回はそこまで神経質になることもない。

最初の艦攻も戦闘機隊に倣(なら)って、安定した発艦を行った。そして殿の吉田機が発艦する。指揮所の旗を見て、艦攻を加速させる。そして飛行甲板の途中で発艦に成功した。吉田は艦攻の高度をあげ、そして先行する編隊との合流を急いだ。

吉田機の中間席で偵察と航法を担当するのは、気心の知れた前田克一等航空兵曹だ。予科練では吉田が前田より一期先輩だった。それもあって二人のコンビは長い。これはそれほど珍しいことではない。操縦と偵察は阿吽(あうん)の呼吸が必要であり、そのため同じ人間と組むことが求められるのだ。

それに比べると無線員の森田宏治一等航空兵との関係はそれほど長くはない。操縦と偵察は海軍でも比較的時間をかけて訓練するが、無線員はほとんど座学であり、養成期間も短い。もちろん訓練期間の差が任務に影響することはほとんどないが、それでも吉田は無線員の森田とは距離を感じることがないではなかった。

吉田は先行する編隊に合流する。そうして編隊は再度組み直される。戦闘機と艦攻が二機一組で二組となる。

序列としては第一組の戦闘機が先頭になり、その右後方三〇度、二〇〇メートルの位置に全体指揮の艦攻が就く。この艦攻のさらに三〇〇メートル後方に第二組の戦闘機が位置し、そこから右三〇度、二〇〇メートル後方に殿の吉田機が就く。

ウルシー環礁に向かう中で、前田が吉田に報告する。

「左舷前方、伊九潜だ」

それは吉田も気がついていた。先鋒でもある伊号第九潜水艦が浮上して、ゆっくりと航行を続けている。甲板には数人の人間が見えるから、おそらくは帰還する偵察機を迎える準備をしているのだろう。

その予想に違わず、彼らは程なく零式小型水上機とすれ違った。すでに降下態勢だったのか、彼らの下方を飛んでいった。

「金剛より入電。国籍不明機はウルシー環礁に着陸した模様、以上です」

森田が報告する。それは吉田には重要な情報だと思われた。

自分たちに戦闘機が伴っているから戦力を温存しているのか？　それとも環礁に誘い込

む罠なのか？

「おい、右舷上空を見ろ！　あれは何だ！　かなり上だ！」

前田一空曹の声が聞こえた。長年のコンビだ、そこに恐れが含まれているのが吉田空曹長にはわかった。

「何だ！」

前田が見えているなら、操縦員の自分にもわかるはず。なぜそれに気がつかないのか？吉田が最初に考えたのはそれだったが、前田が座席越しに指差す方を見て合点がいった。吉田らは艦攻の一般的な飛行高度である四〇〇〇メートル上空を飛行していた。

だが問題の物体は、彼らよりもはるかに高空を飛んでいる。形状は円盤形で、大きさはわからないが、攻撃機と同じ大きさだとすれば高度八〇〇〇メートルにはなるだろう。もしも物体の大きさがそれ以上あれば、高度一〇〇〇〇メートル以上を飛行している可能性は十分ある。

操縦員としての吉田の勘は、高度一〇〇〇〇メートル以上だと告げていた。周囲はまだ暗さを残していたが、その円盤状の飛行物体だけは太陽光を受けて明るく輝いている。それなりの高度を飛行していない限り、あの物体だけが太陽光を受けるはずがないのだ。

ただ、そうだとすると円盤の大きさは、四発飛行艇以上で、直径で五、六〇メートルはある計算になる。それは偵察隊の存在など無視するかのように、彼らの上空を突っ切って行った。戦艦金剛から、接近する飛行物体についての問い合わせがあったのはほぼその直後であった。

吉田が円盤についての報告を、森田に命じようとしたタイミングでの無電である。

「電探にて偵察隊の機体数が増えた、状況を報告せよ」

それは命令としては一組の艦攻に向けたものだが、全機傍受はできた。ただ隊長の乗る艦攻は円盤に気がついていなかったため、命令を再確認していた。どうも円盤を目視できたのは自分たちだけらしい。

「無線員、上空の円盤について報告せよ。特に円盤が高度一〇〇〇〇以上を飛行していることを忘れるな」

吉田は金剛からの命令で、円盤が間違いなく高高度を飛行していることを確信した。彼が受けた事前の講習では、電探で飛行機を発見できても、その高度まではわからない。だから海面にいる戦艦からは、高高度を飛行する円盤は中高度を飛行する偵察隊より遠距離になる。それが電探の有効計測範囲を超えていれば、偵察隊上空の円盤は電探では捕捉できないわけだ。

そして円盤が高高度を維持しながら金剛に接近すれば、有効計測範囲に突入することになる。しかし、それを電探で観測すると、偵察隊の中にいなかったはずの飛行機が現れるように見えるのだ。

吉田機の報告が届くと、金剛からは少し間を置いて偵察の続行が命じられた。すでに円盤状の飛行物体は飛び去っていた。

「機長、伊九潜からの偵察結果が届いてます」

無線員の森田一空が、吉田機長に報告する。

「よし、待ってたぞ」

第二航空戦隊の偵察隊がウルシー環礁に向かうにあたって、伊号潜水艦の偵察機からの情報が伝達される手筈になっていた。そうすれば何を偵察すべきかが絞り込めるという意図である。ただ、金剛から送られた文面は短いものだった。

つまり平坦な島には迷彩を施された不定形の丘陵があり、内部は空洞で飛行機の格納庫が設けられている。上陸まではしておらず、撮影した写真の分析はまだであり、現状では提供できる情報はこの程度のものだ。

あと、全長三〇メートル、全幅二〇メートルのロケット機の存在があったが、吉田たちが目撃したのは、それよりひとまわり大きな円盤状の飛行機だった。あれもおそらくロケット機なのだろう。

「あれか……偵察員、写真撮影準備！」

「写真撮影準備、宜候（ようそろ）！」

吉田の後ろでは前田が写真機を準備する。写真撮影こそ、阿吽の呼吸が要求された。操縦員は最適なコースを維持しなければならないからだ。地上の何を重点的に撮影するか。そうした戦術眼が互いになければ、目指す写真は撮影できない。

潜水艦の水上機は、突如現れたロケット飛行機のためにファラロップ島以外の偵察は中断したという。なので空母からの偵察隊には、主要な島々の偵察が求められた。それらは環礁の北部に点在していたため第一組が偵察し、吉田らの第二組は中島嶼（とうしょ）の偵察にあたった。艦隊を停泊可能な水路の確認が主たる任務だった。オリオン集団が船団なり艦隊なりを展開した痕跡があるかどうか、それを確認するのである。

「機長、アソール島にも野戦築城が確認できたそうです」

森田が報告する。第一組の艦攻は、自分たちが撃墜された場合を考えてか、写真撮影のみならず、偵察結果を逐次報告しているらしい。そうしておけば自分たちが未帰還機になったとしても、艦隊にはウルシー環礁の情報が手に入る。

それを僚機である吉田機にも伝えるのは、彼らに後を託すためだ。正直、そこまでのことは出撃前には打ち合わせていなかったが、吉田機が目撃した円盤機に気がつかなかったことで、感じるところがあったのだろう。

北方を回っている第一組の報告では、ファラロップ島、アソール島、ソーレン島の三島にだけ野戦築城が行われており、他の島には手を加えた跡がないという。オリオン集団の拠点は比較的限られた規模であるらしい。

潜水艦の偵察機に対しては侵入を阻止しようとしたオリオン集団の飛行機は、彼らの前には姿を見せてこない。

その間に吉田空曹長が指揮する第二組は、南方の環礁を調査していた。ムガイ水道から通じるその領域は、幅が一五キロ、長さが二〇キロほどあり、かなりの規模の艦船を収容する能力があった。

先ほど報告があった環礁の丘陵地帯は、ムガイ水道からつながるこの領域を浚渫（しゅんせつ）し、その海底の土砂を積み上げたのではないかと吉田は考えていた。しかし、現場を見る限り、その可能性は低い。

まず海底に加工されたような痕跡はなく、浅瀬もいくつか点在している。また大規模な浚渫を行ったのならば、作業用のブイくらいは残っていそうだが、そうしたものもない。

よほど特殊な工事法でない限り、ここまで痕跡の残らない浚渫工事もないだろう。

どうやらウルシー環礁は何らかの施設が建設されているものの、大規模な艦船が利用した痕跡はないという結論になる。

そうしている間にウルシー環礁は本格的に朝になる。太陽光を浴び透明度の高い海水は、船舶を受け入れられるだけの水深があることを示していたが、海底にはいくつもの凹凸があった。やはり浚渫されているとは思えない。

「機長、全機、帰還命令が出ました！」

「偵察終了時刻はまだ先のはずだぞ？」

吉田は時計を確認するが帰還予定時刻はまだ先だ。

「計画変更とのことです」

「わかった！」

二組の艦攻と戦闘機は、再び四機で一つの編隊を組み空母飛龍へと向かう。しばらく飛行していると前田が言う。

「機長、奴らも帰るみたいですぜ」

前田の言うことが今度は吉田にもよくわかった。存在を誇示するのか、胴体下部に照明を灯した円盤型の飛行機が、彼らのはるか上空を通り過ぎていった。

＊

九月二五日〇六〇〇。ウルシー環礁から飛行機が接近しているとの報告が金剛の電探からなされた。片桐司令長官は、電話を受けた参謀から受話器を受け取り、直接その状況を確認した。

「偵察隊を電探で追跡しているのですが、四機だった機影が五機になりました。機械の故障ではありません」

「五機目の飛行機が突然現れたとでもいうのか？」

相手が艦隊司令長官でも電測員ははっきりと答えた。

「何が起きたのかわかりません。水上機のようなものが編隊に接近した可能性もあります」

「待ち伏せか……わかった、監視を続けてくれ」

受話器を置くと同時に再び電話が鳴り、片桐は反射的に受話器を手にする。

「吉田機より入電。偵察隊上空、推定高度一〇〇〇〇以上を円盤状の飛行機が艦隊に向けて接近中です」

「わかった、ご苦労」

相手が片桐司令長官とわかり電話の相手は短い悲鳴を発したが、彼はそれに構わない。

五機目の飛行機の正体は、偵察隊四機の上空を通過したオリオン集団の飛行機だった。

「問題の飛行機の速度はわかるか？」

「艦隊の南方より、時速……推定二七〇ノット（約五〇〇キロ）です！」

「ご苦労、変化があり次第報告してくれ」

片桐は電話を切る。

「首席参謀、円盤状の飛行機はパイラと言ったか？」

片桐は武園に確認する。

「はい、乗っていた人間によると、宇宙まで飛んでゆく能力があるとのことです」

片桐はパイラの存在は説明されていたが、乗ったことのある人間がいるとは思わなかった。同時に上層部の秘密主義に軽い憤りを覚えた。ただそれで首席参謀を責めるつもりはなかった。

「宇宙まで行った人間がいるのか？」

「いえ、さすがにそうした事例は確認されておりません。オリオン集団よりそうした説明を受けた人間がいるということです」

その証言によると、パイラは輸送機で、武装は確認されていないそうです」

「非武装の輸送機か」

しかし片桐司令長官は、それをそのまま受け取れないと考えた。非武装のパイラがあるとしても、いま接近中のパイラがそうとは限らない。

「二航戦司令官より、迎撃戦闘機、発艦準備完了との報告が届いております！」

通信室からの電話を受けた司令部付の下士官が報告する。そう、空母飛龍にも電波探信儀は装備されている。彼らもパイラの接近を察知したのだ。

「迎撃戦闘機の発艦を許可する。ただし明確な敵対行為を示すまで攻撃は禁止だ、そう返信しろ」

片桐は自分が下した命令に満足はしていない。追浜の陸攻もドイツの爆撃機も、戦闘機を撃墜している。だからパイラが武装していた場合、それによって二航戦の戦闘機隊が全滅することは十分にあり得る。

だが迎撃機をまったく出さないという選択肢もない。相手に攻撃意図があったなら、迎撃機がいなければ完全な無防備だ。そして戦艦や巡洋艦の砲火力を躱したとなれば、爾後の選択肢は極めて狭いものになるだろう。

山口多聞少将が何を考えているかは窺い知れないが、片桐司令長官は迎撃戦闘機の意味を、「パイラが攻撃してきたら反撃する」という意思表示にあると考えていた。オリオン集団に覚悟というものが通用するのかどうかわからないが、それでも片桐はこちらの意図を態度で示すことが重要であると考えたのだ。

「参謀長、ここを頼む。私は電探室に行く」

片桐は岸にそう言うと、武園に一緒に来るよう促す。

「お供します」

電探室は戦艦金剛の艦橋構造物に増設された区画に置かれていた。羅針艦橋より上にある防空指揮所と同じ階層である。二人は階段を上り電探室に入る。片桐としては全体状況を把握できるのは電探室しかないという考えだ。

六畳程度の空間で、そこに最新鋭の電探が収納されていたため床面積のわりには空間がない。対空見張電探、対水上見張電探、さらに射撃用電探が収納されているため、電測員の将兵は背中合わせに座るしかなかった。

特に射撃用電探には、技研が開発した演算機も接続されており、これは天井に固定されていたが、明らかに空間を圧迫していた。

片桐の登場に五人ほどの電測員たちは敬礼をしようとしたが、一斉に敬礼するほどの空間もなく、片桐は身振りで「敬礼はいらない」と示さねばならなかった。片桐や武園も将兵の間を横になって対空見張電探の表示器まで進む。

表示器は直径三〇センチほどの丸いブラウン管で、円の中心部から時計の秒針のような輝線が回転し、周辺の空に何があるかを光点で示していた。

「これです」

兵曹長の電測員が明らかに自分たちに向かっている光点を示す。それがパイラだ。横にあるノートには鉛筆で計算がなされている。そこにはパイラの速度は二七〇ノットとあった。速度の変化はないらしい。

「五分以内に接触するはずです」

兵曹長は画面を示す。その時だった。ブラウン管の画面が一瞬乱れると、秒針のような輝線は消え、そこに何かの記号が浮かぶ。

「どうした、機械の故障か？」

片桐の言葉に兵曹長は明らかに慌てていた。

「こんな馬鹿なことが……」

電探の画面にはカタカナが浮かんでいた。

「ワレ　ヒブソウ」

7章　ウルシー環礁

九月二五日〇六一五

片桐第四艦隊司令長官と武園首席参謀は、電探室から再び羅針艦橋に戻っていた。電探のブラウン管に「ワレ　ヒブソウ」と文字が表示されたのは驚きであったが、いずれにせよ電探が使えないのであれば、そこにいても意味はない。

しかし、片桐司令長官が羅針艦橋に戻ってすぐ、電探室より、文字が消えて電探が正常に作動し始めたことが報告された。

「非武装だから迎撃機は不要だとでもいうのか？」

片桐は電探のメッセージをそう解釈した。しかし、首席参謀の意見は違った。

「無論それもあると思いますが、これ自体が示威行為の可能性も無視できないと思います」

「どういう意味だ、首席参謀？　自分たちの飛行機が非武装であることを示すのが示威行為だというのか？」

「電探に文字を表示できるという事実そのものがです」

片桐には武園の言わんとするところがわからない。技術力の誇示を言っているのかもしれないが、それはいまさら指摘するようなものとも思えない。武園もそれがわかったのか、さらに続けた。

「自分の知り合いに秋津という天文学者がおります。やはり海軍の電波兵器開発に関わっておりました。彼の実験でも電探のブラウン管が用いられますが、画面のX軸方向とY軸方向に与える信号を調整すれば図形が描けます。秋津は円を描いて見せてくれましたが、理屈の上ではいまさっき見たような文字も表示できるといいます」

「我々にも可能な技術が、なぜ示威行為になるのだ？」

「おわかりになりませんか、司令長官。こちらの電探に文字を表示できるなら、あり得ない電探の映像を、さも真実であるかのように送りつけることが可能なんです。つまり我々は電探が何かを発見したとして、それを信用できません」

武園が指摘した事実を理解できた時、片桐はゾッとした。百発百中の電探射撃もオリオン集団が誤った信号を電探に送ったなら、戦艦の火力もまったく意味がない。命中しない大砲になんの存在意義があろうか？

しかし、電探室からの続報と迎撃戦闘機隊の報告は、少なくとも現時点において電探は正常に稼働していることを示していた。

つまり戦闘機隊は、自分たちが到底到達できない高高度を、パイラが推定速力三八〇ノット（毎時約七〇〇キロ）で艦隊に向かっていると告げたのだ。そして電探室は、その報告がほぼ正しいことを裏付けた。さらに対空見張が、報告通りの方位と速度で予測した位置にパイラの姿を認めていた。

「見えたぞ！」

羅針艦橋が騒がしくなる。片桐と武園も窓に向かった。本来なら、戦闘機が到達できないような高度を飛行しているものが、羅針艦橋からこの距離で見えるはずはなかった。だがパイラは予想外の機動を行っていた。

垂直方向に墜落するかのような急降下を遂げていたのだ。大気がパイラのあまりの高速に圧縮され、それが機体の通過で解放されることで急膨張し、水蒸気が凝結する。それがパイラの通過とともに細長い雲の航跡となった。

「電探室、国籍不明機の速度は幾らか？」

「わかりません！」

西村祥治艦長と電探室との電話のやりとりが聞こえる。電探でも計測不能なほどの激しい運動なのだろう。

「突っ込んでくるぞ！」

誰かが叫ぶ。パイラの高度は戦艦金剛の羅針艦橋ほどの低空となり、さらに音速を超えているのではないかという勢いで接近してくる。誰かが反射的に機銃を放ったが、曳光弾はまったく明後日（あさって）の方へ飛んでゆく。パイラの速度が速すぎるためだ。

衝突する！　誰もがそう思った時、パイラは姿勢を大きく傾け、皿を立てたような体勢のまま、右舷方向から戦艦金剛の艦橋構造物の側面を、手を伸ばせば届くかという至近距離ですれ違った。羅針艦橋の窓がすべて瞬時に砕け散った。

「艦内の損傷を報告せよ！」

西村艦長がダメージコントロール担当の運用長に電話を入れる。その間にもパイラは金剛の後方で反転し、先ほどとは反対舷である左舷方向へとさらに急激に高度を上げて飛び去っていった。

戦艦金剛の損傷具合は羅針艦橋の窓ガラス程度であり、飛び去ったパイラはウルシー環礁へと戻っていったとの報告が電探室よりなされた。

＊

九月二五日〇七〇〇

「本隊は無事か」

ウルシー環礁の偵察任務中に帰還を命じられた吉田尚一航空兵曹長は、艦攻の操縦席より第四艦隊の姿が見えたことに安堵した。その距離はまだ遠く、艦種の識別もはっきりしないものだったが、出発時と同じ陣形であるのは見てとれた。

彼らが不安に囚われていたのは、無線通信のためだった。空母飛龍から迎撃戦闘機が飛び立ったものの、円盤機の飛行高度が高すぎて迎撃できなかった。つまり零戦隊による迎撃が失敗したのだ。

だが第四艦隊に到達した円盤機がそこで何を行い、艦隊側がどう反応したのか？　その情報はわからなかった。全面的な戦闘が行われていれば、自分たちにも戦艦の砲口炎くらいは見えるだろうが、そんなものは見えない。

逆に、空に円盤機が撃墜された黒煙が見えることもない。そして母艦へと向かっていた彼らは、ウルシー環礁に戻ってゆく円盤機を認めていた。あの円盤機は偵察だけして戻ったのか？

そんな不安な想いの中で飛行していた吉田にとって、艦隊全部が無事であるのは心底安堵する出来事であったのだ。

「機長、下を見てください！」

それを報告したのは意外なことに無線員の森田一空だった。無線に集中すると周囲が見えなくなる人間と思っていた。

吉田は、森田が見つけた何物かに不吉なものを覚えた。

「あれか……」

水中に発光体がある。すでに陽は昇っており、光の関係で海中に潜んだものの姿ははっきりとはわからない。太陽光は海面に反射するばかりだ。

それでも水中を移動する赤い発光体は見間違いではなかった。発光体は二つあり、二キロ程度の間をあけて並進している。幅二キロ以上の巨大物体でない限り、水中には二隻の潜水艦が活動していることになる。

「無線員、司令部に報告。潜水艦二隻が艦隊に向けて北上中。速力二〇ノット（約三七キロ）、艦隊との接触時間は推定三〇分後！」

そう報告してから、吉田空曹長はその数値の異常さに気がついた。水中を二〇ノットで航行できる潜水艦など聞いたことがない。潜航中は蓄電池の電流を最大にしても一〇ノット出すのがせいぜいで、それも一時間が限界だという。

先ほどの円盤機といい、この潜水艦といい、相手は超絶的な技術を持っているようだ。しかし、攻撃を仕掛ける素振りは見せない。意外な気もするが、オリオン集団が戦闘を欲していないなら攻撃を仕掛けるはずもない。

とはいえ、第四艦隊がウルシー環礁に到達したところで、かれらが無条件降伏するとも思えない。

さすがに艦攻の方が速いので、潜水艦はすぐに後ろになっていた。

「偵察員、艦隊の現在位置からウルシー環礁までの距離はわかるか？」

すぐに前田一空曹から返事が戻る。

「約一二六浬（約二三三キロ）、現在の速力が維持できるなら、予定通り九時間ほどで到着します。つまり一六〇〇に」

「夕方か……」

ウルシー環礁の夜は長くなりそうだ。吉田はそんな気がした。

＊

九月二五日〇七三〇

第二航空戦隊と第三戦隊の空母と戦艦は、第一水雷戦隊の駆逐艦群が護衛の任に当たっていた。そこに第二航空戦隊の艦攻より潜水艦二隻が接近しているとの報に、第四艦隊司令部の片桐司令長官は、水雷戦隊に属する第六駆逐隊の暁と雷のそれぞれを潜水艦迎撃のために差し向けることとした。

潜水艦一隻に対して、駆逐艦一隻という割り振りだ。一隻で十分という確信によるものではなく、艦隊主力を警護する戦力をできるだけ減らしたくないという判断だ。

駆逐艦暁の駆逐艦長である川島良雄少佐は、この命令はなかなか厄介だと感じていた。理由は幾つかある。

まず艦隊決戦中心の日本海軍駆逐艦は魚雷の運用や艦隊運動については猛訓練を続けてきたが、対潜作戦はそれほど熱心ではなかった。漠然と「贅沢に慣れた欧米人は潜水艦が不得手であり、そんな潜水艦はすぐに撃沈できる」という先入観が支配的だったのだ。

またアメリカ海軍潜水艦の性能が近年までそれほど高くなく、日本の海上輸送路を寸断するような想定がなされていなかったこともある。

もちろん対潜兵装もあれば、水中音響を監視する水測員（聴音員）の育成なども行われており、潜水艦と戦えないわけではなかった。

ただ、複数の駆逐艦がチームとなって連携しながら、敵潜を撃沈するというような戦術の研究や実演には消極的だった。そうしたことが大西洋ではイギリス海軍により実践されているという話は、川島駆逐艦長も耳にしていたが、「海の向こうの話」としてほとんど等閑視されていた。

ならば駆逐艦雷と連携することも考えないではない。しかし、雷の折田常雄（おりたつねお）駆逐艦長が自分と同じ考えかわからないうえ、第一水雷戦隊の大森仙太郎（おおもりせんたろう）司令官の命令を無視しての連携行動は、いまこの場での実現は無理だろう。

百歩譲って、そうした連携が許可されたとしても、対潜戦術など訓練したことがないのだから、成功は期待できない。

そうした点で、自分は雷とは別行動で当たらねばならない。正直、川島駆逐艦長には戦術面において未知の潜水艦に立ち向かえる自信がなかった。さすがに部下にはそんなことは明かせないが。

もう一つの懸念は戦術以前の問題だ。必ずしも日本海軍だけではないが、駆逐艦が速力二〇ノット以上で水中聴音機を運用すると、船自身が出す水中雑音が無視できなくなる。これは潜水艦の水中速力が一〇ノット以下の状況ではなんら問題とはならない。

しかし、いま艦隊に接近している潜水艦のように水中でも二〇ノット出せるとなれば、話は変わってくる。速力だけなら駆逐艦は三〇ノット以上出せるから問題ではない。だが潜水艦に速度で勝てば、相手の水中音響を探知することはほぼ無理になる。

報告では、潜水艦は赤い光を放って位置を知らせているらしい。だが相手が光を消せば、その瞬間から追跡はほぼ不可能だ。

それを考えれば、本隊から分離する駆逐艦を二隻だけにしたのは賢明ではあろう。それでも残りの駆逐艦戦力でこの潜水艦の接近を阻めるのか、それが川島駆逐艦長にはかなり疑問だった。

「艦長、見えました！」

見張員が艦橋の川島駆逐艦長に報告する。海軍の官制では艦長と呼べるのは軍艦だけであり、その他の艦艇では潜水艦長なり駆逐艦長が正式な呼称であった。艦長は大佐が就く職なのである。ただ潜水艦はまだしも駆逐艦などでは、駆逐艦長も乗員から艦長と呼ばれていた。

川島駆逐艦長は指示された海域を双眼鏡で見る。艦攻からの報告では水中の赤い光は二つであったが、いま川島が見ている中には直線上に五つ並んでいるのがわかった。赤い光の相互間隔は一〇メートルほどなので光の列はそれだけで四〇メートルはあった。

どうやらそれは艦首部のようであり、潜水艦全体では一五〇メートル前後はありそうに見えた。だとすれば一一〇メートルほどの伊号潜水艦よりも一回りは大きいことになる。

排水量は単純計算で一万トン以上になろう。

潜水艦は三隻あるという話だったが、一隻は暁に、もう一隻は雷に向かっているらしい。暁と雷の距離は横方向に四キロ離れており、潜水艦の相互距離も同様ということになる。

潜水艦は二〇ノットの速度で前進していたが、駆逐艦暁との距離が狭まるにつれて、はっきりと速力を落とし始めた。

「合戦準備！」

川島駆逐艦長は、砲術長に命じた。それはそのまま攻撃を意味しない。ただ潜水艦の発する赤い光が見え続けているというのは、その深度がごく浅いことを意味する。一〇メートルもないかもしれない。

そしてこのまま浮上した場合、万が一にも戦闘となれば、そこでものをいうのは砲火力だ。駆逐艦の最強の武器は魚雷だが、一定の深度を直進するだけの武器であり、よほど条件が揃わない限り潜水艦を撃沈するのはまず無理だ。

浮上時間が長ければ魚雷が命中する可能性も生まれるが、雷撃より砲撃の方が即応性には優れている。

川島がそんなことを考えている間にも状況は動いた。潜水艦は一〇ノットほどの速度で接近し続けた。さすがに真正面からは接近せず、そのまま五〇〇メートルほどの距離を維持したまま駆逐艦とすれ違う。

このままでは艦隊に接触するのを許してしまう。川島が追跡を命じようとした時だった。潜水艦は突如として駆逐艦の後方で反転すると再び二〇ノットに増速し、暁の左舷側に五〇〇メートルほどの距離を置いて併進し始めた。その運動性能は潜水艦の大きさからすれば驚くべきものだった。

僚艦の雷でも、ほぼ同様のことが起きていたらしい。そして潜水艦は再び速力を落とす。それは艦隊主力と同じ時速一四ノット（約二六キロ）で航行していたが、その針路はウルシー環礁だった。

「これは艦隊を誘導しようとしているのでしょうか？」

先任将校で水雷長の加藤昌也大尉が、水中の赤い光を指差す。その数はいつの間にか五個から一〇個に増えている。数を増やす意味はわからないが、見やすくなったのは確かだろう。

「現状では、そう解釈することになりそうだな」

第一水雷戦隊の旗艦阿武隈からは、攻撃禁止命令がでていた。真意はわからないが、おそらくは不測の事態を避けたいということだろう。いまならあの潜水艦に直上から爆雷攻撃を仕掛けることもできる。

むろん命令なしにそんな攻撃を仕掛けたりはしないのだが、艦隊司令部はそこを駄目押ししてきたのだろう。それだけ司令部の空気が神経質になっているのか。

その潜水艦は唐突に浮上してきた。攻撃禁止命令を水中で傍受できたとは思えないが、タイミング的にはそう解釈できるものだった。

浮上したのは一部だが、それでも一〇〇メートル近くある。ちょうど一〇個の赤い光が浮上部分の艦首から艦尾までを走っている。

ただ、潜水艦としては諸外国のどれとも似ていない。潜水艦というものは、実際には水上航行が大半で、潜航する時間は長くない。だから浮上した部分は一般の船舶のように、艦首部で波を切るような船の形を踏襲している。

しかし、この潜水艦は全体的に紡錘形を思わせるなだらかな曲線で作られており、川島の最初の印象は鯨だった。軍艦を潜航可能にしたのが潜水艦なら、目の前の船は鯨を再現したようなものだろうか。

不思議なのは司令塔が存在しないことで、これなら確かに浮上しても簡単には発見できないだろうが、潜水艦側からも周囲の状況は摑めないだろう。乾舷が極端に低いので、少しばかり波が出ただけで、視界が遮られてしまうからだ。

もっとも一時間ほど前に金剛の周囲を飛び去ったような飛行機があれば、それが周辺を偵察して、敵がいる海域に潜水艦を誘導するようなことは可能だろう。いまの彼らが遭遇しているように。

「信号機で呼びかけてみますか？」

加藤水雷長が川島駆逐艦長に提案する。攻撃するつもりはないが、このままただ前進するだけというのも芸がない。それに潜水艦側が自分たちと同航しているのも何かの目的があるのかもしれない。そう思っていた川島には、加藤の提案はこの状況に適ったものと思われた。

すぐに川島は通信員を呼ぶと、艦橋のウィングから信号機による通信を試みる。無線機ではなく光の点滅による信号機を選んだのは、相手がどんな周波数帯で通信するかがわからないのと、赤い光を放っているからには光の点滅による信号は通じると判断したためだ。

とはいえ、なんと呼びかけるべきか川島にも腹案はない。複雑な内容は信号機では難しいし、自分の分限を越える。そうなると信号内容は単純にならざるを得ない。

「シヨゾク　ヲ　ナノラレ　タシ」

いざ信号を送ってから、川島は返答があるか不安になった。相手がこちらの信号を理解しているかどうかわからないではないか。

「返信です！」

加藤が興奮気味に叫ぶ。確かに潜水艦の一〇個の赤い光が点滅する。少なくともこちらの信号は届いている。すぐに信号員が潜水艦からの信号を読み上げる。

「ショゾク ヲ ナノラレ タシ」

潜水艦はこちらの信号に対しておうむ返しに送ってきただけだ。

「奴らは我々をからかっているのか、それとも信号機の意味がわからなかったのか？」

川島駆逐艦長は、どう対処すべきかわからなかった。少なくともあちらは、こちらと意思の疎通を図ろうとする気持ちはあるように見える。

しかし、川島のジレンマは意外な形で解決する。艦橋の電話が鳴り、通信室が川島に報告する。

「艦長、一水戦司令官より入電。暁、雷による国籍不明潜水艦への直接的な交信を禁じる。それらは艦隊司令部の職域である、以上です」

そう命じられた川島駆逐艦長の心境は複雑だ。確かに艦隊司令部が意思の疎通に関わるべきだろう。日本の潜水艦ではないのだから、少なからず外交という問題を考えねばならない。それは一介の海軍少佐には荷が勝ち過ぎる。

ただ、そうであることはわかっている一方で、川島は頭ごなしに接触を禁じられたことには憤（いきどお）りも感じていた。ここまでの行動を否定されたような気がしたからだ。

「潜水艦減速しています！」

見張員からの報告に、川島は双眼鏡を潜水艦に向ける。いままで同航状態だった潜水艦はゆっくりと駆逐艦暁より後退している。

「速力、原速！」

川島駆逐艦長の命令に従い、駆逐艦暁は原速である一二ノットまで速度を下げ、再び潜水艦との同航に入った。僚艦の雷もまた同じ行動をとっていた。

＊

第四艦隊に接近した潜水艦二隻は、艦隊の先頭を行く重巡洋艦妙高を左舷と右舷で挟み込むように、二キロの距離を置いて併進していた。

この時の第四艦隊の航行序列は、重巡洋艦三隻よりなる第五戦隊が前衛に位置していた。先頭は妙高でこの左右両舷後方に五〇〇メートル離れて、右舷に那智、左舷に羽黒が就く。那智と羽黒の距離は海軍の航行規則に則(のっと)り四〇〇メートルだった。

この第五戦隊より五〇〇メートル後方に旗艦である戦艦金剛が位置し、そのさらに五〇〇メートル後方に戦艦比叡があった。この戦艦二隻による第三戦隊の五〇〇メートル後方に、同様の単縦陣で第二航空戦隊の飛龍と蒼龍が続き、さらに戦隊所属の駆逐艦三隻が殿（しんがり）を務めた。

第三戦隊と第二航空戦隊の警護の役割を担う第一水雷戦隊は、右舷側が戦隊旗艦の軽巡洋艦阿武隈と第六駆逐隊の駆逐艦三隻、左舷側は第一七駆逐隊の駆逐艦四隻が、それぞれ脇を固めていた。

対潜水艦戦闘であれば、重巡洋艦の第五戦隊を下げて、駆逐艦中心の第一水雷戦隊を前進させることも片桐司令長官の選択肢としてあり得た。しかし、いまここであからさまに潜水艦に対しての攻撃的な布陣を行うのは望ましくないと思われた。

それに水中を二〇ノットで移動できるような潜水艦を前に、主力艦である戦艦と空母の護衛を手薄にするのも得策ではない。

逆に潜水艦が浮上しているならば、爆雷や魚雷のような砲火力の方が与えるダメージも大きく、何より即応性で勝る。いかに高性能の潜水艦でも重巡の二〇センチ砲弾の直撃を受けるなら無事では済むまい。ただ砲戦を仕掛けるには距離が近すぎるが、それはなんとでもなろう。いざとなれば金剛や比叡から砲撃を仕掛けることもできる。

もっともオリオン集団と思われる潜水艦側も、それは十分承知しているだろう。そもそも潜水艦の最大の武器は、潜航して居場所を隠せる点にある。その武器を捨てて浮上している時点で、彼らに戦闘の意思はないと判断すべきではないか。

「このままウルシー環礁に向かうのか……」

片桐は潜水艦への対応よりも、ウルシー環礁に到着してからどうするか、それについて具体的な検討作業に入らねばならないことに気がついていた。あと半日で到達するというのに、あきらかに泥縄の対応という自覚はある。

ただ片桐司令長官としては、首席参謀がいるとはいえ、与えられた情報は不完全であり、なおかつ相手の出方がわからない。何者であるかさえわかっていないのだ。

いまだからはっきりわかるが、政府や海軍首脳が調査のために軍艦を一隻か二隻派遣するのではなく、戦艦や空母を含む艦隊を派遣したのには、明確な意味があったのだ。それは艦隊司令長官は親任官の海軍中将であり、外交交渉の資格のある高官ということだ。

政府の人間として首席参謀の武園が来ているのは、つまりウルシー環礁にてオリオン集団と何らかの交渉を行うことも視野に入っているという意味だろう。いままでは戦艦の火力や空母の航空兵力こそ、今回の作戦の柱と思っていた。むろんこの戦力は無視できない。

しかし、作戦の最大の柱は、中将という高官が現地に赴くという、まさにこの点にあったのだ。あるいは飛行機や潜水艦が示威行為はしても攻撃を仕掛けてこないのも、ある程度は政府レベルで交渉の道筋ができているということなのか？

「艦載艇には首席参謀も乗り込むので構わんかね？」

片桐は傍の武園首席参謀に確認する。ここでいう艦載艇とは一五メートル内火艇のことだ。司令長官クラスの人間を送迎する動力艇をいう。屋根なしのカッターなどとは違い、れっきとした士官用のキャビンが装備されていた。

片桐の予想通り、ウルシー環礁にてオリオン集団との何らかの会議が行われるのであれば、艦載艇により上陸することになる。片桐が上陸するなら、情報に通じている武園の同行は避けられない。

「はい」

武園はすべてを心得ているのか、短くそう返した。ただ作戦計画の立案時間が短かったために、ウルシー環礁での上陸計画について明確な方針は立っていない。一応、戦艦金剛と比叡の砲術科の将兵を中核に一〇〇人規模の陸戦隊を編成し、それらが上陸用舟艇で島への上陸を果たすことになっていた。このための機材も金剛や比叡には積まれていた。

ただこれは最大規模の上陸部隊の話で、艦載艇一隻で最少人数の上陸を行うことも選択肢の中にあった。計画書には明記されていないが、これは艦隊司令長官もしくは司令部要員の然るべき人員の上陸と理解されていた。

とはいえ、この上陸部隊が何を目的とするかは曖昧だった。状況の変化に応じて適宜、司令長官が判断すると計画されているだけである。これは穿(うが)った見方をすれば片桐に丸投げということだが、彼自身もそれは承知の上で、曖昧なのは仕方がないとも思っていた。

出港前はこの曖昧さが不安だったが、オリオン集団の飛行機や潜水艦を見せつけられたいまでは、むしろこの曖昧さに救われたとも思っていた。曖昧ゆえに自由裁量の余地が確保できるからだ。ともかく予測不能のことが多すぎる。それでも確認すべきことはある。

「首席参謀、私にはどこまでの自由裁量が許されている？」

武園の表情に少し戸惑った色が現れた。

「四艦隊の安全確保に必要とされる行為に関しては全権が認められています」

武園は言葉を選ぶようにそう言ったが、片桐はそこに違和感を覚えた。

「私は、彼らとの交渉権は認められていないのか？」

「艦隊司令長官として、慣例に基づいた交渉権は認められております。ですが、可能な限り、それを行使するのは控えていただきたい。それが米内首相の考えです」

「首相の考えか」

おそらくそれがギリギリのところなのだろう、片桐は思う。統帥権を錦の御旗（にしきのみはた）にすれば、政府に片桐の行動を止める権限はない。だから命令ではなく、首相の考えという表現になる。

ただ司令長官たる自分が動けないとなれば、陸戦隊の上陸は難しくなった。武力衝突を避けようとしても、自分が交渉役になれないのなら、不用意に陸戦隊は派遣できない。

「まぁ、外交などというのは相手があってのことだな」

片桐はそう言って、この話題を打ち切った。そのかわり通信参謀に命じる。

「あの潜水艦に対して誰何せよ。おそらく我々の通信傍受くらいしているだろう」

こちらから無線で呼びかけるという片桐の命令に武園は異を唱えなかった。これが戦時下の貨物船であれば、話はもっと単純になる。国際法の規定により、公海上であれば敵国に禁制品を輸送していると疑われる船舶には臨検捜索ができる。無線なり信号機なりで停船を命じ、それに従わないなら船の前方に砲撃を加える。それでも止まらねばマストのひとつも叩き折ればいい。

そうして問題の船舶が停船したら臨検士官と二名までの補助員を乗り込ませ、必要なら船舶を拿捕できる。

しかし日華事変は事変のままであり、法的に日本は戦争当事国ではない。臨検を行う根拠もない。あの潜水艦が海賊ならば、国際法に従った対処も可能だろうが、いうまでもなく海賊ではない。

つまり第四艦隊にあの潜水艦に停船を命じる権限はなく、誰何を呼びかけても向こうが返答する義務はない。

じっさい通信科の度重なる呼びかけにも潜水艦は何も反応しなかった。

「先ほどの暁の誰何に対しても、おうむ返しに信号を送ってきただけでした。何か根本的な部分で相互の了解が成り立っていないのかもしれません」

武園は、返答がないことに憤るでもなく、諦観したようにそう言った。

「返答があればと期待したが……こうなれば、彼らに期待するよりないか」

片桐は艦隊の遥か前方を見ていた。

＊

九月二五日一五三〇
伊号第九潜水艦は浮上した状態で、ウルシー環礁のムガイ水道の入口まで数キロという海域に待機していた。環礁内は水深が浅いので、潜水艦が潜航したまま航行できる領域は限られていたのと、そもそも海図が未整備なので、どこに暗礁があるかわからない。
もちろん潜水艦でも浮上すれば航行可能だが、それでは侵入する意味がない。それは艦隊司令部もわかっているのか、伊号潜水艦には待機命令が出ていた。
しかし、藤井潜水艦長は自己の判断で甲標的の発進準備を進めていた。秘密裏にウルシー環礁内の偵察が可能とすれば甲標的以外にないからだ。

作戦が終われば甲標的はそのまま捨てられる。消耗品として扱われる小型潜航艇だ。それもあって航行中に伊号第九潜水艦に搭載した甲標的は、日本を出たときよりも改造が加えられていた。

幸運だったのは、敵艦を雷撃する可能性はないと考えられていたため、発射管は閉鎖され、ダミーが取り付けられていたことだ。この無駄な空間に色々な機材を収納するのはさほど難しくなかった。

甲標的の搭載自体が急遽決まったために、伊号潜水艦の方には、甲板の固定台くらいしか専用装備はない。このため充電用のガソリンエンジン式の小型発電機が機材として持ち込まれていた。甲標的のバッテリーに充電するためだ。この発電機が分解され、甲標的の中で再度組み立てられた。

浮上してハッチを開け放ち、排気管を立てるなど面倒な手順は必要だが、これにより甲標的はバッテリー稼働一三時間という制約に縛られずに、適宜バッテリーの充電が可能となった。

この改造により甲標的の活動時間は三日から四日は確保できることとなった。これは現在の状況では飛躍的な改善だ。

それにこの小型発電機は甲標的の艤装ではなく積み込まれただけなので、乗員全員がどこかの島に上陸という事態になったときには、無線機の電源などとして彼らの生活を支えてくれる。

魚雷発射管には、そのためのテントや小銃などの機材が伊号潜水艦内から集められ、積み込まれた。

この時点で藤井潜水艦長は、甲標的が偵察任務完了後に自走して伊号潜水艦と邂逅（かいこう）するという可能性を考えていなかった。それが可能なら実行するとしても、ここまでのオリオン集団の動きから見て楽観は禁物だろう。だから小浮嚢船（しょうふのうせん）（小型ゴムボートのこと）も積み込み、最悪、これでムガイ水道を抜けて伊号潜水艦に戻ることも選択肢に含まれていた。他にも零式小型水上機で操縦員だけが現地に向かい、三往復して乗員を回収することさえ藤井は考えていた。ただ彼がここまで選択肢を準備するのは、敵泊地突入を実行する決意と裏腹に乗員たちの生存性を高めるためであった。それだけこの任務は危険なのだ。

藤井潜水艦長は、ウルシー環礁の上陸を諦めるつもりはなかった。現状で、自分たちは環礁の拠点についてほとんど何もわかっていない。水上艦艇や航空偵察では限界がある。現地に上陸しなければ情報は得られないのだ。

そして、それが可能なのは特殊潜航艇だけである。おそらく第四艦隊は戦艦の乗員で臨時に陸戦隊を編成し、それを艦載艇で上陸させることを検討しているだろう。一度だけ行われた全体ブリーフィングでもそんな話が出ていたし、陸戦隊の中心となる砲術科の増員がなされたという話も聞いている。

だがそれは、現実に不可能ではないかと藤井は考えていた。上陸用舟艇は小型発動機艇で、機材込みで一隻に二五人が乗り込み、最大四隻で一〇〇人。必要に応じてこれに内火艇が追加されると説明されていた。

つまり上陸時に最大で五隻の小型船舶が移動するわけだが、こんなものはオリオン集団の潜水艦が接触しただけで全滅してしまうだろう。もちろんそれを阻止するために金剛と比叡、必要なら二航戦の空母が警戒にあたることも可能だ。

しかし、オリオン集団があくまでも上陸を拒むなら、陸戦隊の派遣が一気に全面的な武力紛争に拡大しかねない。陸戦隊が攻撃されれば、第三戦隊の戦艦群が発砲し、それにオリオン集団が反撃することになるからだ。

だからと言って、五隻の小型船舶を一隻に減らしたところで問題の本質は変わらない。攻撃されれば反撃し、戦闘は拡大する。

おそらく艦隊司令部の人間も、陸戦隊を一方的に派遣できる状況でないことはわかるだろう。横須賀を出港した時とは自分たちの認識も随分と変わってしまったからだ。

上陸という問題に関して、第四艦隊にはほとんど選択肢はない。彼らに可能なのは航空偵察までだろう。

しかし、甲標的による上陸ならどうか。さすがのオリオン集団でも特殊潜航艇の攻撃は容易ではあるまい。潜水艦が行動できない環礁の浅瀬だけを移動するなど、やり方はあるのだ。

そしてオリオン集団が全面的な武力衝突を望んでいないのなら、甲標的の乗員三名が上陸に成功した時点で状況は変わってくる。上陸した岩田大尉らを生還させるという問題が生じるからだ。オリオン集団が送り返すか、あるいは陸戦隊が上陸して三人を引き渡してもらうか、いずれにせよ、そこでオリオン集団との直接交渉の可能性が見えてくる。

甲標的の派遣に関しては、当初の計画でも既定のことだった。これは甲標的の発進について司令部から命令を発することで、こちらの動きを知られてしまうという懸念があったためだ。なので司令部から甲標的に関して発せられる命令は「発進中止」だけだ。その命令が来ないのは、藤井潜水艦長の考えの正しさを裏付けているのだろう。

「出撃準備完了しました！」

艇長である岩田大尉が報告する。本来二人乗りの甲標的に三人が乗り込み、さらに各種機材の積み込みで艇内はお世辞にも快適とはいえないだろう。それでも岩田の士気は高かった。

「特別燃料だ、持ってゆけ！」

藤井潜水艦長は、そう言ってウイスキーのボトルを岩田に手渡す。

「岩田徳一、潜艦長より確かに特別燃料、受領いたしました！」

そうして二人は敬礼を交わす。同じ乗員の山下や佐木に司令塔からボトルを掲げてみせる岩田は、素直に喜んでいた。だが藤井は内心で心が痛む。自分は彼らを、オリオン集団の捕虜になる前提で送り出そうとしているからだ。

「諸君の武運長久を！」

司令塔から出撃直前の甲標的に声をかけながら、藤井は口に出さずに、言葉を続けた。

「そして生還を祈る」と。

＊

九月二五日一六〇〇

戦艦金剛の艦橋からもムガイ水道が見えた。すでにウルシー環礁に到着したと言っても過言ではない。第四艦隊はここで、先行していた伊号第九潜水艦と合流した。

「甲標的はすでに発進したようだな」

片桐司令長官は、伊号潜水艦の後甲板に何も載っていないことを確認した。果たして岩田大尉らは、無事にファラロップ島なりどこか拠点のある島なりに上陸を成功させるだろうか。

しかし、いまはそれより先に考えるべきことがある。自分たちはどう動くかということだ。ムガイ水道から環礁内に入り、まずはファラロップ島に上陸し、それを確保する。教科書的な手順だが、同時にそれは一つ間違えたらオリオン集団の罠の中に自ら飛び込むのも同然となる。

不気味なのは、一時間ほど前から第四艦隊を先導する形で航行していた二隻の潜水艦が急に潜航し、姿を隠したことだ。

どこに向かったのかははっきりしない。ウルシー環礁に戻ったと解釈するのが自然ではあるが、あれだけ巨大な潜水艦が潜航したままで、あの環礁に入ることが可能かは疑問が残る。

むろん環礁内を浚渫（しゅんせつ）すれば済むだけの話であり、偵察機の報告には、それを予測させるようにファラロップ島に土砂が積み上げられているという報告もある。ただ浚渫で発生する土砂の量からすれば、島に堆積された土砂など僅かなものだ。潜水艦の母港は別にあると考えるべきなのかもしれない。

「司令長官、二航戦司令官より制空隊の発艦準備完了との報告が入っていますが」

通信参謀がやや当惑げに報告する。それはそうだろう、片桐は制空隊を発艦させるなどという命令を出していない。

それは報告の形で、片桐に制空隊を出せとの山口多聞の提案だ。不躾(ぶしつけ)なやり方だが、指揮系統に従うならばこうした形になるのは仕方あるまい。

「そのまま待機せよ。命令あるまで出撃を禁ず、そう返信してくれ」

山口多聞は逸材だが、果たして今回の任務についてどこまでの情報を知らされているだろう？　おそらく最初の作戦会議以上のことは知らないだろう。日本の委任統治領に国籍不明の団体が基地を建設しているらしいので、調査し、必要なら武力行使も辞さず。

自分は武園という首席参謀がいるのと、パイラやピルスなどの飛行機についても知らされ、実物とも遭遇した。だが現実にパイラやピルスと接触したとしても、オリオン集団に関する情報がないならば、「某国の新型機」以上のことは考えないのではないか。それが健全な常識というものだ。

「首席参謀はどうすべきだと思う？」

片桐は強い口調で武園に質(ただ)す。ここで適切な提案をするためにこの男はいるのではないか。それが片桐の考えだ。

「こちらの意図を無線で伝えつつ、単縦陣でムガイ水道から環礁内に進行しましょう。委任統治領であり、基本的に我々の行動に制約はない。その上で相手の出方を見ましょう」

正直、何か奇策が披露されるのかと思った片桐だったが、武園の提案は平凡すぎるくらい平凡なものだった。とはいえ、その平凡な策よりマシな提案があり得るかといえば、それも難しいが。

「単縦陣で進むのはいいが、序列はどうする？」

「いささか異例ですが、まず二航戦に所属する駆逐艦三隻を先行させ、順次、一水戦、五戦隊、三戦隊、二航戦の空母の順にしてはいかがでしょうか？」

「なぜ、その駆逐艦三隻を分離して先行させるのだ？」

「あの三隻は比較的旧式であるため、排水量も小さく、喫水も浅いので」

通常の航行序列に比べれば、首席参謀の意見は異例だ。第二航空戦隊は空母二隻に支援の駆逐艦三隻がついているが、これを分離して先頭と殿に分けるなど普通はしない。

確かに海図が未整備な環礁であるから、座礁の危険は少なからずあり、喫水の浅い駆逐艦から前進させるという理屈はわかる。それに機雷敷設の可能性も考えると、駆逐艦により掃海を行わせるのは通常の手順であった。

空母と戦艦では空母の方が小さいが、後方からの航空支援を担うなら、殿が空母というのも選択肢としては妥当だろう。

ただそれでも片桐司令長官は、武園の提案にはそれ以外の理由があるような気がした。とはいえ、それが何かはわからず、ここで問うべきかどうかも確信がなかった。

こうして第四艦隊はいままでの警戒航行序列から、武園の意見に従った単縦陣へと組み替えた。二航戦の分離が例のないこと以外は、こうした陣形の組み替えは日本海軍の基礎技能であり、すべて混乱なく行われた。

ただ、武園の意見がすべて通ったわけではなかった。まず二航戦の山口司令官からは、先行させる駆逐艦は卯月一隻にして、菊月と夕月は空母蒼龍、飛龍と行動をともにすることが要求された。

これは空母から航空隊を出撃させた場合、駆逐艦が空母の真後ろにつくことで、帰還機の指標になるためだ。戦闘機や、場合によっては攻撃機を出撃させるなら、着水した機体の搭乗員救命のためにも駆逐艦がとどまらねばならないという理屈である。

このため前衛となるのは駆逐艦卯月一隻となった。もう一つの修正は伊号第九潜水艦がムガイ水道の外に残されたことだった。ウルシー環礁に到達したことで、艦隊の前方警戒の役割を終えたのが一つ。

そして第四艦隊に万が一にも何かあった場合、それらの記録を日本に届けるためには、伊号潜水艦こそが相応しいとの判断だ。ここまでの行程で第四艦隊は、オリオン集団の潜水艦やパイラやピルスという飛行機について、写真を含む多くのデータは入手できた。

それらの複製は航行中に戦艦金剛に集められたが、駆逐艦を介して伊号潜水艦に運ばれていた。この場合、伊号潜水艦による甲標的の乗員回収は望めないが、それは他の水上艦艇が適宜行うこととされた。

こうして再び第四艦隊は前進する。任務の性質から駆逐艦卯月は本隊よりも四キロほど離れて前進していた。

その時だった。戦艦金剛の羅針艦橋の電話が鳴る。通信室からだった。

最初に電話を受けたのは西村祥治艦長だったが、彼はすぐに片桐司令長官に報告した。

「通信室に短波、中波、長波のすべての帯域で入電。一〇分後に卯月を攻撃するので、全員退艦せよと」

「何だと！」

それと同時に見張員が金切声を上げ、電探室からの電話が鳴る。報告内容はどちらも同じだった。

「円盤型飛行機四、座布団型飛行機六、本艦隊に接近中！」

「左舷、及び右舷、距離二〇〇〇に潜水艦！」

「二航戦より入電。飛龍の左右両舷に潜水艦浮上中！」

それらの報告を総合すると、四機のパイラと六機のピルスが第四艦隊に接近しているほか、第三戦隊と第二航空戦隊の周囲を四隻の潜水艦に囲まれたということだ。

「司令長官、すぐに卯月に退艦命令を出してください！」

武園首席参謀が、摑みかからんばかりの勢いで片桐に迫った。しかし、片桐は退艦命令を出そうとは思わなかった。

それはそうだろう。挑発的な行為は繰り返されたとはいえ、いままで何度も機会があったのに攻撃を加えて来なかった相手だ。

それに何より、まだ攻撃されてもいないうちから退艦命令など出せるはずもない。

確かに警告は受けた。そしてオリオン集団が過去にドイツやイギリスの軍艦を沈めたというのも事実かもしれない。それでも警告だけで艦を捨てることを認めてしまえば、海軍力そのものを全否定することにつながりかねない。

一方で、駆逐艦卯月でも動きがあった。金剛からは距離があって詳細は不明だが、明らかに主砲が動いている。比較的旧式の駆逐艦であるため、一二センチ単装砲が四門に過ぎないが、卯月の駆逐艦長は総員退艦警告を挑戦と判断し、あくまでも攻撃されたら反撃する姿勢を示そうとしているらしい。

卯月の主砲は対艦戦闘用の平射専用の火砲だが、パイラもピルスも高度五〇メートル程度とかなり低空を飛んでいる。だから卯月の火砲でも反撃は可能だ。

「本気なのか……」

片桐は一機のピルスが速力を上げて卯月に接近してくるのを目にした。やはり総員退艦を命じるべきだったか！　彼が逡巡している間にもピルスは胴体下部のハッチを開き始める。

彼は報告書の中の、オリオン集団の爆弾が伊号潜水艦を一撃で沈めたという記述を思い出した。どう考えても総員退艦は手遅れだ。

そして卯月が発砲してしまった。まさに「発砲してしまった」としか言えなかった。攻撃許可など片桐は出していない。卯月の駆逐艦長か、あるいは砲塔の将兵が恐怖に駆られたのか。そして片桐は重大なことに気がついた。

「首席参謀、卯月を前進させたのは、このためか？」

その答えは武園の顔色が変わったことで明らかだった。そして彼は何も反論しなかった。

「卯月は炭鉱のカナリアか」

ウルシー環礁に侵入することをオリオン集団が望まず、かつ紛争の拡大も求めていないなら、犠牲は最小にしたいはず。その予測のもとに旧型の駆逐艦を前衛として送り込む。

万が一何かあっても犠牲は最小限に抑えられる。

そうした冷徹な計算で武園は、卯月を先頭にした。だが、それでもオリオン集団の武力行使の可能性は低いと考えていたのだろう。卯月を先頭とするのは保険のようなものだ。だが、オリオン集団はここにきてはっきりと攻撃を予告した。第四艦隊で誰よりもオリオン集団に通じている首席参謀が狼狽（ろうばい）したのは、自分が彼らの行動を読み誤ったことで、多数の将兵の命が失われるという現実に直面したためだろう。

とはいえ、片桐はそのことで首席参謀を責める気にはなれなかった。一人の犠牲で一〇〇人を救う。戦場ではそんな場面は珍しくない。その責任を背負うからこそ、将校は部下を死地に送り込める。

片桐が武園に腹を立てるとしたら、首席参謀の立場でありながら、その覚悟も無しに卯月を先頭に立てたことだろう。だから片桐は武園を責めなかったが、慰めもしない。それよりもいまは卯月に接近するピルスだ。

卯月とピルスの距離は急接近していたが、砲弾は一発も当たらない。もともと対空戦闘など考慮していないこともあるが、水上艦艇との砲戦だけに対応した照準器では航空機の速度に追躡（ついじょう）することなど無理だったのだ。そしてピルスはついに爆弾倉を完全に開いた。

双眼鏡をピルスと卯月に向けた片桐は、爆弾があるべき場所に見たこともない装置が展開したのを目にした。それを何に例えるべきか片桐には見当もつかない。

筒のようなものの周囲に金属製の輪が幾つもはめられている。それが率直な印象だ。筒は頑強そうな支持架で固定されているようだ。強いて似ているものを挙げるなら大砲だろうか。しかし、飛行機に大砲を積み込むなど聞いたこともない。

「爆弾じゃないのか……」

「うわっ！」

片桐は思わず双眼鏡を投げ捨てた。ピルスの搭載する大砲のような装置から、太陽よりも明るい光が照射されたのだ。そのためしばらく片桐は艦橋内の様子が見えなかった。

「あれは、怪力線ではないか！」

そう叫んだのは、おそらく首席参謀だろう。片桐もその単語に自分が何を見たのかを理解した。金剛の電探装備にあたり、海軍技術研究所の技術者が「電探のアンテナには若い将兵は近づけないでください。睾丸が熱を持って子種がなくなります」という冗談を言っていたのだ。

その場にいた者には冗談の意味がわからず、技術者はバツが悪そうに説明した。曰く、電探のマイクロ波は対象物を高熱にすることができる。もしも将来、怪力線とでも呼ぶべき大出力のマイクロ波を発する真空管が完成し、その電波を集中できたなら、戦艦の装甲も溶けてしまうと。

その時はあくまでも冗談だったが、どうやらピルスがいま駆逐艦卯月に照射した光は、その怪力線の類らしい。視力が回復するのに一分以上が経過していたが、その間にも艦橋内は騒然としていた。

理由はすぐにわかった。卯月は浮いていたが、片桐が見たこともないような形で破壊されつつあった。すでに艦尾周辺は三番砲塔と四番砲塔が切断され、存在していなかった。

さらに船体の喫水線付近には直線上の穴が開き、そこから浸水が始まっていた。

それらの破壊はすべてピルスから照射される光線により行われていた。光線が命中すれば卯月の船体が切断される。世界の海軍史の中でこうした形で切り刻まれた例は皆無であろう。

第一水雷戦隊の一部の駆逐艦が命令を待たずに発砲したが、それらの砲弾も命中しないか、一部は怪光線により空中で四散した。

そして駆逐艦卯月は総員退艦命令を出していた。艦が雷撃や砲撃を受けたならまだしも、怪光線で切り刻まれるなど堪らない。

ピルスは卯月の乗員が脱出するのを観察していたのだろう。総員退艦が終わったと判断すると、それでも辛うじて浮いていた駆逐艦の船体を怪光線で一刀両断してしまう。卯月は瞬時に沈没した。

ピルスとパイラはムガイ水道の上空に横一列に陣形を組み直す。そして四隻の潜水艦からは赤い光の点滅で信号が送られてきた。

「ワレ　ニ　ツヅケ」

8章　大使館

九月二五日・プルコヴォ天文台

「我々の希望としては一一月一日に拡大IAUの第七回総会が開催できればと思います」

赤軍大佐の軍服を着たオリオン・マリヤは、天文台長のアレキサンドル・ドイチェ、人工衛星を発見したヴィクトル・アンバルツミャン、そして日本からやってきた秋津俊雄と熊谷亮一の四人を前にそう切り出した。

地球人側の四人の中で、自分だけが天文学者ではなく、そもそも科学者でさえないことに熊谷は居心地の悪さを覚えていたが、会議室内でこのことを問題とする人間はいなかった。

他には軍曹の軍服のオリオン・イワンがいたが、地球人との会話はほぼマリヤの方が担当していた。二人の軍服は、外務人民委員であるヴャチェスラフ・ミハイロヴィチ・モロトフが手配したらしい。

準戦時体制下のソ連で、然るべき地位の人間が軍服姿であるのは、それほど珍しくない。共産党が赤軍より上位にあるのだから、階級詐称でもしない限りは問題ないだろう。

だがオリオン集団のメンバーであるオリオン・マリヤやオリオン・イワンに、大佐と軍曹の軍服を支給するとなると話は違う。むろんこの二名が赤軍に所属しているはずもなく、要はソ連社会で権限を持たせるためのカモフラージュのようなものだろう。

それより熊谷が見逃せなかったのは、マリヤにせよイワンにせよ、軍服のサイズがあつらえたようにぴったりなことだ。オーダーメイドの軍服を作らせるほどの関係がオリオン集団とモロトフとの間にある。その証拠は幾つもあったが、オリオン・マリヤとイワンが現れたことで、それは決定的となった。

「今日は九月二五日、一一月一日となれば残された時間は少ないぞ」

ロシア語のマリヤに対して、秋津が英語で返答した。ソ連に到着したときはロシア語など話せなかった秋津だが、もともと語学の才能があったのか、二週間ほどで日常生活レベルのロシア語は聞き取れるようになっていた。

さすがに話すまでには至らないが、逆にこの場のメンバーはオリオン・マリヤを含め、英語は理解できた。おかげで会話は成立していた。

「IAU総会のプログラムはできていると伺いましたが？」

マリヤは秋津が思っていた以上に状況を把握しているようだった。

「それは、ドイチェ博士やアンバルツミャン博士と私がIAUの委員会とは別に作り上げたというだけだ。提案の承認を受けるだけでも一ヶ月はかかるだろうし、参加者をこの戦時下でどうやって移動させる？　まさか君らのピルスとかいう飛行機で輸送するとでもいうのか？」

「そのつもりですが。その程度のピルスはございます」

マリヤは即答した。

「君らは、国家主権というものを、どう考えているのだ？」

天文台長の立場からか、ドイチェの視点は国を意識したものだった。

「必要に応じて尊重はしています。だからモロトフ閣下は我々に必要なものを手配した。国家主権を尊重しているからこそのことでは？」

議論はそこで止まってしまう。この話題はいままで何度か出てきたが、オリオン・マリヤからこれ以上の回答を得たことがない。どういうきっかけか不明だが、ソ連は半ば偶然にオリオン集団との接触に成功し、関係を続けているらしい。

マリヤはそれ以上のことは、「国家機密に関するソ連の主権を尊重します」という理由から明らかにしない。それでもこれがモスクワなら他に調査のつてもあるのだが、天文台から動けない状況では何もできない。

ただ秋津も熊谷もあえて口にしないためか、オリオン・マリヤもイワンもオリオン太郎の存在については何も言わない。

モロトフが直々（じきじき）に動いていることからも、ここから日本と電報のやりとりをするのは盗聴を前提にする必要がある。秋津もマークされているだろうから、この件について話し合うのも危険だ。

秋津もこの状況に察するところがあったのか、人との接し方が以前とは違っているように思えた。

いずれにせよ、現状では熊谷は自分一人で、この状況を分析しなければならない。とはいえ情報が足りなすぎる。

ただ一つ明らかなのは、オリオン集団が一枚岩ではないらしいということだ。ドイツのカナリスやソ連のモロトフなどと電波通信による連絡をとっているグループと、それとは別に四発爆撃機を送り込んだりピルスやパイラを飛ばしているグループがある。

この二者の動きは、矛盾は言い過ぎとしても、互いに相手が何をしているのかわかっていないとしか思えないことがある。オリオン・マリヤとイワンにしてもその登場は唐突で、一貫した戦略があるようには見えなかった。

「オリオン集団は日本に大使館を設置しますが、その大使館と各国政府の仲介者としてIAUを活用したいと考えています。なので、できるだけ日本の大使館開設とIAU総会を合わせたいのです」

モロトフは何をどこまで知っているのか？　熊谷は何度目かになるその疑問が再び頭に浮かぶ。オリオン集団の存在を知っている政府機関なら、大使館が日本にだけ置かれることには危機感を抱くはずだ。

しかし、モロトフの東郷大使に対する態度は融和的であったらしい。それはいささか信じがたかったが、プルコヴォ天文台がIAU総会の会場となるというパズルのピースがあれば、すべての説明がつく。

つまり大使館が日本にあっても、IAU総会で作られるだろう何らかの機関がソ連の管理下に置かれるならば、日本よりも、ソ連の影響力が強くなる。言い換えればモロトフはオリオン集団から、そこまでの情報を得ていることになる。

「IAUは大使館にはならないのか？」

熊谷がそれを尋ねると、秋津を含む科学者たちの表情が変わった。

「IAUに行政能力は期待しておりませんから」

オリオン・マリヤの返答に、科学者たちはどんな表情をすべきかわからないようだった。行政能力がないと正面から言われれば、反論できない。

「ともかく急がねばなりません」

マリヤの言葉を聞きながら、熊谷はこの三週間ほどの物事の急速な流れを思わずにはいられなかった。

プルコヴォ天文台に到着した翌日の九月六日朝、熊谷亮一は隣接する宿舎で目覚めた。天文台は宮殿のような外観の建物であったが、森の一部が伐採され、そこそこの大きさの宿舎の建設が始まっていた。

熊谷や秋津が到着したのは深夜で、宿舎の存在には気がつかなかった。モスクワからの強行軍であったために、案内された個室のベッドに横になると朝まで夢さえ見なかった。

翌朝になり、宿舎の従業員に起こされて、熊谷はやっとここが天文台とは別棟であることを知ったのだ。

部屋の作りは簡素ではあるが個室にも洗面所やトイレがあり、快適な住環境を満たしていた。

窓からの景色は、木々の間に天文台の白い外壁が見えた。距離にして五〇メートルもないだろう。窓から身を乗り出すと、自分は宿舎の一階におり、建物自体は三階建てであるらしい。

ただ二階より上は工事中らしく、窓からはわからなかったが、自分の部屋の周辺にも足場が組まれていた。それでもこの宿舎が完成すれば、相当の宿泊客を収容できると思われた。あるいはどこかに会議室くらいあるかもしれない。

部屋の電話が、食事ができているので食堂に向かうようにと告げる。熊谷はそれに従った。食堂は数十人を一度に収容できるほどの大きさがあった。ただ厨房は隣接していないのか、工事がそこまで進んでいないのか、食事自体はワゴンで運ばれてきた。スープやサラダのついた朝食としては標準のものだったが、料理はどれも冷めている。あるいはよそで調達した朝食か。

食堂にいたのは秋津だけだった。熊谷は秋津の向かいの席に着いた。

「ソ連はここをオリオン集団の研究拠点としたいようだ。それも世界の研究者を集めて。IAU総会で、それを提案し、常設組織をここにおく」

秋津は熊谷と視線を合わせないまま、そんなことをつぶやく。いままで脇の甘い科学者とばかり思っていたが、一晩で警戒心の強い人間になったのは、熊谷には意外だった。何かショックなことがあったのか、口調さえもぞんざいな印象がある。

「何かありましたか？」

「演算機だよ」

「あの新型暗号機ですか？　同じものをツポレフが開発したとアレクセイ・イワーノヴィチは言ってましたが、やはりオリオン集団から提供されたと？」

秋津は小さく首を振る。

「昨夜、短時間だけヴィクトル博士にソ連の演算機の資料を見せてもらった。それを読むまでは、日ソの演算機はオリオン集団の知識で完成したと思っていた。だがよく考えるとそれも妙なんだ」

「妙とは？」

熊谷は身を乗り出す。

「僕は演算機でプログラムを組む時に、谷造兵中佐が作成したメモも受け取っている。ガリ版刷りの教範というほうが正確かな。ただ正式な教範をまとめる時間がなかったのか、半分は開発日記のような内容だった。特に前半はそうだ。

だからそれを読む限り、谷造兵中佐は明らかに自分で実験を行い、演算機をあの形にまとめあげた。

ところがツポレフの技術記録にも、試行錯誤の記録があった。つまりツポレフが日本の技術を真似したわけじゃない。まったく同じ装置が、同時に開発されていたんだよ」

それには熊谷も驚いた。

「ロシア語は読めないのに、なぜ試行錯誤の記録とわかるんだ?」

「読めはしませんよ。ただキリル文字とアルファベットを置き換えれば、だいたいの意味は通ると聞いていたんでね。キリル文字のBはVに置き換えるとか、HはNにするとか。それにツポレフの資料は手書きだが図表が多い。数式も併記されているので、何を意図しているかはわかる」

熊谷は外交官の端くれとして、正攻法で語学を学んできた。だから秋津のようなアプローチは想像もつかなかった。何より数式なら理解できるという発言は斬新に思えた。そして熊谷に、ある考えが浮かんだ。

「ロシア語が読めなくても数式なら理解できるとしてだ、オリオン集団が数式を提示したら、それは我々にも理解できるということか?」

秋津は熊谷からそんな質問が来るとは思っていなかったのか、驚いた表情を見せたが、急に笑顔になった。

「まさに問題はそこなんだ。飛行機を飛ばしたり衛星を軌道に投入したりできるからには、オリオン集団が高度な数学知識を持っているのは間違いない。しかし、それを我々が理解できるかどうかは別問題だ」

「高等すぎて我々には理解できないのか？」

「そうじゃない、発想が異質すぎるんだ。確かに一足す一は二レベルの話は互いに通じる。しかし、算数レベルで話が通じても意味はない。

谷造兵中佐の開発日記とツポレフの文書を照らし合わせると、演算機の開発開始はツポレフの方が数ヶ月ほど早い。しかし、この段階の演算機はリレーと歯車を多用する機械だった。

一方の谷造兵中佐は、真空管式の信号解析機の研究と演算機の研究を並行して進め、演算機については理論構築に終始していた。

ところが今年に入ってから、両者はほぼ同時に真空管回路の集積という発明をする」

「それはおかしいだろう。多孔質の金属板を使った真空管の集積は、追浜に四発陸攻が着陸して初めてわかったんじゃないのか！」

「谷造兵中佐以外はそうだった。しかし、彼はその数ヶ月前に基礎実験を行っている。おそらく設計は昨年末にはできていただろう。ツポレフもそうだった。

ところがだ、真空管回路の集積を採用したツポレフと谷はそれからしばらく、まったく構造の異なる演算機を研究し続ける。そしてこの時期に彼らの研究は迷走する」

「新機軸だから、技術的な問題か？」

熊谷にはそれくらいしか思いつかない。

「数式だ。詳細は省くが、単純な数式なのに、初期値を少し変化させると、一つとして一致しない数値列を一定の範囲で作り出すというようなものだ。なぜか二人は日本とソビエトでこの数式に翻弄され研究が止まる。

ところがそこからほぼ同時にツポレフと谷の研究は、まるで共同研究をしているかのように、今日の演算機の構造に収斂していったんだ」

「どういうことだと秋津さんは考えているんだ？」

「オリオン集団は最初、自分たちが望む形の演算機をツポレフと谷に作らせようとした。そのために真空管回路の集積を教えたか、思いつかせた。

そしてオリオン集団の何らかの数学理論を伝えたのだ。おそらくは宇宙からの電波通信だと思う。純粋に文字だけのやりとりだ。ところが人間に、その理論が意味する背景までは伝わらなかった。

ツポレフも谷も常人よりも優れた頭脳の持ち主だ。だから真空管回路の集積技術は理解できた。つまり具象的な技術は理解できたが、抽象的な数学の概念は違った。

だからオリオン集団は、自分たちの数学を伝えるのを諦め、谷とツポレフの技術の仲介者に徹した。この結果として、日ソ間で同じ構造の演算機が誕生した。おそらくこういうことだと思う」

「谷造兵中佐は総力戦研究所のメンバーだったはずだが、彼はその、オリオン集団のスパイなのか？」

そう言いつつも熊谷は、谷をスパイというのは本質をとらえていない気がした。そもそもそれがスパイ行為であるならば、粛清の嵐がふくスターリン体制の中で、収容所にいるツポレフが無事なわけがない。とうの昔に銃殺されている。

それは矛盾しているのではないか。そんな熊谷の考えを読んだかのように、秋津は答える。

「これは僕の推測だが、オリオン集団は何かのきっかけで、ツポレフと谷に無線通信で接触を持つことに成功した。そして軍人として自由に活動できる谷は、この事実を自分の研究の枠内にとどめた。

いまの我々なら、そうした判断に論難（ろんなん）できるさ。しかし、半年前ならどうだ？　オリオン集団から電波信号が届いたと報告して誰が信じる？　僕ですら、そんな話は信じなかっただろう」

「ツポレフは違ったのか？」

そんな熊谷に、秋津はわからないのかという視線を向ける。

「ツポレフは収容所にいるんだ。彼とオリオン集団との無線通信は、当局が最初から最後まで把握しているはず。そこからソ連政府が接触を持ってもあながち不思議じゃないだろう。

それより問題なのは、オリオン太郎がソ連にも爆撃機を送ったという証言だ。その爆撃機の乗員は射殺され、機体も解体されてどこかに埋められた。

つまりソ連に送られた爆撃機のことを、無線通信の方はソ連政府に伝えていない。やはりオリオン集団には二つの派閥があるんじゃないか。

もしも人類がオリオン集団と向き合うなら、彼らの派閥抗争は僕らにとっての武器になるんじゃないかな」

熊谷は、やはり秋津は変わったと思った。これは自分とは違った意味での科学者の危機意識なのだろうか？

二人の会話は、そこで中断する。彼らを案内してきた外務省職員のアレクセイ・イワーノヴィチが現れたためだ。そこから三人の会話は毒にも薬にもならない世間話で終わった。

それから二日ほどは、プルコヴォ天文台の施設見学や、IAU総会を提案するにあたっての方針を確認する話し合いで終わる。主たる課題は、第一次世界大戦時のドイツを中心とする三国同盟国の科学者の参加が認められていないことだった。

いままでの六回のIAU総会では、ヨーロッパの科学者たちのドイツへの敵意が、戦争の記憶も生々しいために未だ解消されず、参加が認められていなかったのだ。

しかし、彼らが計画しているIAU総会の目的が、主要国が一丸になってオリオン集団に対応するための組織づくりとなると、ドイツを排除したままでは意味がない。否、ドイツ排除どころか、いかにしてドイツを参加させるかが重要な意味を持つ。

じつを言えば、熊谷もこの状況には複雑な思いがある。第七回のIAU総会が、オリオン集団と対峙できる人類組織の結成であると同時に、それを後押ししているのもオリオン集団なのだ。

彼らの行動は一見すると明らかに矛盾に見える。しかし、本当のところはわからない。なぜならオリオン集団の目的が未だにわからないからだ。軍事技術では人類よりもはるかに進んでいるにもかかわらず、積極的な攻勢に出ないのは侵略の意図がないからとも思えるが、別の意図があるのかもしれない。

そもそも意思決定の主体が一つなのか、複数存在するのかもわからない状況では、意図を推測するのも単純な話ではない。

事態が大きく動き出したのは、九月一〇日のことだった。前日から姿を見せなかったアレクセイ・イワーノヴィチが二人の軍人を伴って現れた。

「諸君、ご紹介します、新しい同志です」

陽気に振る舞うが、アレクセイの態度には何かを恐れる不自然さが見えた。

「オリオン・マリヤとオリオン・イワンです」

大佐の階級をつけた女性将校はそう名乗った。マリヤから何の説明もないが、横にいる軍曹がオリオン・イワンなのだろう。

「皆様のIAU総会開催に関して、オリオン集団の代表として話し合いに参加させていただきます。このことは同志モロトフも了解済みです」

アレクセイの落ち着かない態度の裏には、オリオン集団の存在について、どうやら彼にはほとんど何も説明されていないことがあるらしい。状況もわからぬままに、国家機密レベルの案件に協力させられたことに恐怖を感じているのだろう。

モスクワの日本大使館にきた時には、モロトフ外務人民委員からの直接命令で、自分が権力に近づいたと素直に喜んでいたのは熊谷にもわかった。だが、いまは秘密に近づきすぎたことで、口封じの恐怖に慄(おのの)いているのだ。

ともかく、こうしてオリオン・マリヤとイワンが参加する日々が始まった。しかし最初の頃は、二人は秋津やヴィクトルの話を聞いているだけだった。しかもマリヤもイワンもジャムの瓶を持ち、スプーンで舐めながら議論に参加するので、秋津以外はそんな彼らに眉を顰めていた。

そしてオリオン・マリヤがIAUではなく、大使館について言及するようになったのは九月二四日のことだった。

秋津はもちろん、熊谷もオリオン太郎が大使館を要求していることは知っていたが、ソ連の科学者二人は知らない。だが知っているものという前提でマリヤは話し始める。その時は、天文台長のアレキサンドル・ドイチェ博士が事実関係を確認させてほしいということで、会議は終了となった。そして翌二五日の話し合いで、マリヤは、日本でのオリオン集団の大使館開設と、IAU総会を提案してきたのである。

「大使館とIAUにより創設される機関の関係がわからない。なぜ組織が二つ必要なんですか？　そもそも大使館とはなんです？」

秋津が尋ねた。熊谷はその質問にやや違和感を覚えたが、それはマリヤの返答で氷解した。

「秋津さんなら、その辺の経緯はオリオン太郎から説明を受けていると理解しておりますが」

アレキサンドルもヴィクトルもオリオン太郎という名前は初めて耳にするようだったが、日本もオリオン集団となんらかのコンタクトをとっているという事実には驚いた様子もない。それは想定内のことなのだろう。

それを察したのか、秋津もオリオン太郎の名を口にする。

「君たちはオリオン太郎と連絡が取れるのか？」

そう、秋津が確認したかったのは、オリオン太郎が仲間とどうやって連絡をとっているのか、その手段だったのだ。それはオリオン太郎がはぐらかすばかりで明快な回答を受けられなかったものだ。しかし、マリヤはあっさりとその事実を認めた。

「オリオン太郎はオリオン集団でも大事な役割を担っていますから、当然、連絡は取れます。取れなければ困ります」

「どうやって連絡を取っているんだ？」

「普通に取れますけど。オリオン・マリヤは、秋津さんが好きな軍隊の階級で言えば陸軍大佐なので連絡は自由です」

「そこのイワンは違うのか？」

「下士官では海軍大将に直では話せません」

熊谷は、秋津がオリオン太郎と普段どんなやりとりをしていたのかは知らないが、オリオン太郎が軍人では海軍大将に相当するとの報告は知っていた。ただ秋津は、オリオン集団に海軍があるのではなく、政府高官的な地位であろうと推測している。

そしてオリオン・マリヤは陸軍大佐に相当するという。それが部署なのか何らかの派閥なのかはわからないが、少なくとも二系統の組織があり、マリヤは太郎と直接の接触をもてる程度の高官であるが、イワンはそこまで高位ではない。そういうことであるらしい。どうも地球以上に階級が厳格な社会であるようだ。

「普通に連絡が取れるとはどういうことだ？」

マリヤは困惑しているのか、しばらく黙っていた。

「地球で一番わかりやすい概念で説明すれば、太郎とマリヤはいつでも電話できるので、話が通じるんです。イワンは部内に電話をかけられますが、外部との電話は許されていない。そういうことです」

説明そのものはわかりやすいようでいて、内容はまるで理解できない。そもそも質問の答えになっていない。イワンと太郎は階級の違いから、言葉も交わせないというのはまだわかる。

しかし、太郎とマリヤは直で連絡が取れる階級としても、どうやって電話するように連絡しているのかがわからない。

「オリオン太郎は電話できるような環境ではないぞ」

「秋津さん、電話は比喩です。該当するものは地球には存在しませんし、強いていうなら光ですけど、それでは混乱するだけですよね」

マリヤは秋津に対しては、ゆっくりとした聞き取りやすいロシア語で応じた。秋津は英語で質問しているが、マリヤはそれを理解できても話せるのはロシア語だけらしい。

「宇宙からの光か……」

秋津は日本語で呟く。それを聞き取れたのは熊谷だけだろうが、どういう意味かまではわからなかった。

「話を本題に戻します」

マリヤは議長のように振る舞う。

「オリオン集団は万年単位の歴史を持ち、数千光年の宇宙を移動してきました。さて、いまの私の言葉を正しく理解できる地球人がどれだけいるでしょうか？　万年はわかるかもしれませんが、その時間の経過をイメージできる人間はどれほどいるでしょう？　光年という単位に至っては、ほとんどの地球人は知らないし、光の速度を一年維持して到達できる距離の計算はできたとしても、その意味がわかる人間もほとんどいない。

なるほどこの部屋の皆さんは、いまの話を理解できるでしょう。ですが、皆さんは地球でも特殊な存在です。大使館が地球とオリオン集団の接点としても、両者の科学知識の隔たりは意思の疎通を困難にするほど大きなものです。

この隔たりを埋める組織が別途必要となるのです。それが世界の科学者を集めた専門組織なのです」

「つまり君らにとって、重要なのは科学者集団であり、大使館はそれほどでもないということか？」

それは外交官としての熊谷が確認したい点だった。

「地球との交流を深めるためには、大使館は複数必要です。ただ我々の側の準備も整っておりません。それを意図してイギリス、ドイツ、ソ連、日本に最初の使節を送りましたが、日本以外は爆撃機が撃墜されるか、着陸と同時に銃撃されてしまいました。

幸いにもマリヤとイワンが着陸後に受けたのは銃撃だけなので再生できました。だがイギリスの仲間は墜落の衝撃により、ドイツに向かった仲間は解剖され、どちらも再生の手立てさえ失われた。再生できたマリヤとイワンにしてもまだ完璧ではありません。当面は日本だけです」

それは驚くべき情報だった。一番ショックを受けているのは秋津だった。数ヶ月もオリオン太郎と接触しながら、そんな話はまったく知らされなかったのだから。

「再生というのは、どういうことだ？　そんな話は初めて聞いたが」

「それは多分、秋津さんがオリオン太郎に訊かなかったからだと思います。オリオン集団は過酷な宇宙環境で活動しているのですから、再生能力がなければ肉体が幾つあっても足りません」

秋津はそれで何か納得したらしい。

「オリオン太郎のいう、死なない限りは生きているとはそういう意味だったのか！」

「遅かれ早かれ肉体は滅びます。しかし再生能力があれば、肉体の滅びは先延ばしできるでしょう」

「たとえばオリオン集団は我々に再生技術を提供できるのか？　それがあれば人類は不老不死を手に入れたようなものじゃないか！」

それを尋ねたのはヴィクトルだった。確かにその技術があれば、人類は不老不死も夢ではない。むしろそれを武器にして人類に接近してもよかったはずだ。彼らはそれに気がつかなかったのか？　だが、そうした熊谷の疑問にマリヤは理由を用意していた。

「オリオン集団の再生技術が地球の人たちにも適用可能かどうかわかりません。むろん人体実験のために一〇〇人か二〇〇人ほど提供していただければ、なんとかなるかも知れませんが」

それは人間なら倫理的に問題のある発言だが、人間ではないマリヤから見れば、そんな認識なのか。熊谷は、オリオン集団が時に人命をまったく無視した行動をとるのは、自分たちが死なないからではないかとふと思った。

「ですが、オリオン・マリヤにはそうした約束を取り交わす権限はありません。そもそも大使館もないのに、こうした交渉そのものが意味のあるものではないと考えます。

それに仮に人類を事実上の不死にできるとして、皆さんは本当にそれを望むのですか？」

「不死を望まない人間はいないだろう」

そう言ったのはヴィクトルだったが、人類として思いは皆同じだ。だがマリヤの言葉は、そうした彼らに冷や水を浴びせるものだった。

「地球人類は不死に耐えられるのですか？　たとえば一〇〇〇年生きるとして、一〇〇〇年間の記憶を維持できますか？　記憶が正しく維持できないなら、人格も維持できませんよ」

「……」

その場の人間たちは、沈黙を余儀なくされる。そしてオリオン・マリヤは人間たちにとどめを刺す。

「人類の不老不死をオリオン集団の技術で実現するための手段は一つ。人間が人間をいま以上に知ることです。そのためには地球の科学者を結集させねばなりません。オリオン集団のIAUに関する提案は、そうした科学者組織の先駆けとなると信じます」

それにあえて異を唱える人間はいなかった。

＊

九月三〇日深夜・オリオン屋敷

「古田です。臨時会の第七六回帝国議会は本日無事終了いたしました。憲法改正は両院の賛成多数をもちまして修正案通りに可決。明日より米内新内閣が発足します。大使館の件、予定通りにすすめてください。それでは報告のみで失礼します」

桑原茂一が返事をする前に、電話は向こうから切れた。背後では、怒声が飛び交うというのは大袈裟としても、激しい議論が交わされているらしい。

古田を始めとして総力戦研究所の幹部たちは、今夜は徹夜だろう。憲法改正により、統帥権は軍政の下位に置かれることが明確になった。むろん法的には軍令と軍政は車の両輪ではあるのだが、明治維新の軍隊のように歩兵が小銃さえ撃てればいい時代ではない。

発達した工業技術がなければ製造できない戦車や飛行機のような兵器が主役となり、兵士も基礎学力がなければ戦場では生き残れない時代だ。予算管理、軍需品管理、人材育成など広義の兵站（へいたん）を預かる軍令畑の管轄範囲は広い。

それらが機能しなければ作戦や用兵は画餅（がべい）に過ぎず、軍令に対する軍政の優位は総力戦の時代には必然であった。

しかし、この一〇年ほどは統帥権を口実に、軍令部門が軍政にも容喙（ようかい）することが多くなっていた。憲法改正はこのような状態を正常化するものであった。とはいえ人間の意識は容易には変えられない。

このため近衛師団などが首都の警戒に当たっている他、東京湾にも第一戦隊の戦艦長門、陸奥などの艦艇が待機し、必要なら陸戦隊を首都に展開する準備を整えていた。二・二六事件のような軍の武装蜂起に備えてである。

現実にそうした動きが存在するのかどうか、そこは桑原にもわからない。ただ陸軍参謀本部や海軍軍令部には、憲法改正に対する反発勢力があるとも古田から聞いたことはある。

ただ厳重な警戒はしつつも、古田は決起軍などは現れないと観測していた。すでに軍令畑から軍政畑への猟官運動が早くも始まっているというのがその理由だ。

つまりあれだけ深刻な問題だった統帥権も、いざ高級軍人たちの視座で見れば自身の立身出世の道具だったというわけだ。そうであるなら決起軍など起こらないという古田の観測もわかる。

それよりも桑原は、憲法が本当に改正できたことに安堵した。実は議会内には、軍令系の軍人と結託した反米内勢力が少なからずいたためだ。

それでも古田は、勝ち目はあると言っていた。

「衆議院と貴族院で、それぞれ三分の一ほどの議員が議会への参加をボイコットしようとしている。だが両議院でそれぞれ三分の二以上が参加し、その出席議員の三分の二の多数で憲法は変えられる。むしろ誰が抜けるかで、敵がはっきりするだけ好都合だ」

じっさい二週間ほど続いた議会では、憲法改正以外の議案には定数以上の議員が参加した。だが反対派は最終日の議会ではボイコットを主張していた。帝国議会が議員の欠席で流会となれば、総理の責任問題となり、内閣総辞職という話がまことしやかに流れていた。が、最終日、ボイコットを主張していたはずの大物を含む複数の造反議員が現れ、帝国議会は両議院とも議員総数の三分の二を少し上回る人数の出席により成立し、参加した議員のほぼ全員の賛成で憲法は改正された。

ラジオによれば、「参加議員の実に九八パーセントの支持により」憲法の改正案は帝国議会を通過。そしてその日のうちに新憲法の下で、予備役の米内光政海軍大将に組閣の大命が降り、米内内閣はそのまま横滑りで新内閣となった。

憲法改正の陰で大本営に関する制度改正も行われていた。それは昭和一二年一一月一七日に軍令第一号により制定された「大本営令」をやはり軍令にて廃止し、新たに勅令により「陸海軍統合参謀本部令」が九月三〇日付で公布された。これは「戦争および事変解決のための指導を行う」組織で、付属文書で編制なども定められている。これにより首相と陸相、海相、内務、外務などの主要閣僚と枢密院議長が中心となり、必要に応じて国務大臣などを増員できるとされた。

内務大臣については、当初はメンバーに加えない予定であった。しかし、総力戦を睨んだ作戦指導となれば内相も加えるべきとの意見が強くなり、新たに加わることになったのだ。

桑原も古田の話を疑っていたわけではなかったとはいえ、それでもそうそう話がうまく進むのかには疑問があった。しかし、現実は古田を予言者にした。

新体制が発足したとなれば、大使館についてのオリオン太郎との折衝も、いままでのような「世間話」では済まなくなってくる。これから先は互いに公式な話し合いになるのだ。

このあたりのことを桑原は猪狩と詰めておきたかったが、猪狩は古田とは別の用件で東京に向かっていた。

第四艦隊がオリオン集団の航空機多数と接触し、ウルシー環礁内に誘導されたというのだ。気になるのは、駆逐艦卯月が沈められたという報告であるが、事実関係ははっきりしない。どうも情報の多くが連合艦隊司令部で止まっているのが原因らしい。

これは首都で憲法改正に反対する一部部隊の決起を警戒してのことだという。第四艦隊やオリオン集団の情報を統制しているのではなく、連合艦隊全般の情報統制を行い、不穏分子を牽制（けんせい）する意図による。

その程度のことは現役の海軍将校である桑原にも伝手（つて）で知ることは可能だが、肝心の第四艦隊の状況は不明である。とりあえず全滅ということはなく、片桐司令長官が現地でオリオン集団と対峙している状況らしい。

「憲法が改正されたそうですね」

桑原茂一の部屋にオリオン太郎が現れた。彼の方から深夜に自分たちのところにやってきたのは初めてだ。さすがに手にはパンを持っていない。

「どこで知ったんだ？」

「ラジオですよ。桑原さん、聞いていたでしょ？」

確かに桑原はラジオを聞いていたが、スピーカーではなく音が漏れないようにレシーバーで受信していた。それなのになぜわかるのか？

「レシーバーなら音が漏れないとお考えでしょうが、僕には聞こえますよ」

「すごい聴力だな……」

素直に感心しかけた桑原だったが、それが意味するところにすぐに気がついた。オリオン太郎は、この屋敷に外部からかかってきた電話の内容をすべて聞き取っていたのではないか？　離れた部屋のラジオのレシーバーの音さえ聞こえるなら、電話の会話くらい造作もないだろう。

秋津の報告書にも、屋敷から一歩も出ていないはずのオリオン太郎が外部事情に詳しいことがあるとの記述があった。科学者としての秋津は事実関係のみを記述し、勝手な解釈を控えていたが、身体検査などで無線機は発見されていないことから、外部からの何らかの支援の可能性は指摘していた。

だが、単純に聴覚が異常に発達しているだけとは、予想もしていなかった。

「これで大使館問題もやっと具体化しますね」

オリオン太郎は心なしか嬉しそうに見えたが、実際のところ未だ彼らの感情はわからない。

「話し合うための条件が整っただけだ。大使館一つ作るからにはそれなりに日数が必要だろう」

「武園さんが前に来た時には、秋津さんに一〇月一日には実務作業が動き出すって言ってましたよ」

そう、電話の内容がわかるなら、ここでの会話はすべて筒抜けなのだ。オリオン太郎が人間と同じ姿だから、能力まで同じと思い込んだ痛恨の失敗だ。だがいままでおくびにも出さなかったその能力を明らかにしたのは、もはや隠す必要もないと考えているのだろう。

オリオン太郎は自信に溢れ、嬉しそうに見えた。そんな彼を見て、桑原はある疑問が浮かんだ。

「新体制になったが、大使館開設がさらに一年延びたとしたら君らは怒るのか？」

「怒りませんよ」

オリオン太郎はそう返してきたが、それは桑原も予想していた。きっと第二案、第三案を用意しているのだろう。しかし、太郎の説明は違った。

「怒ってどうなるんです？　怒ったとしても目の前の問題は一ミリも前進しないし、解決しませんよ。それはあまりにも無駄ですよ。

そんなことで怒るよりも、問題を再設定して、対応策を組み直したほうがずっとマシじゃないですか」

「それはそうだが……しかし、どう考えても理不尽なことはあるじゃないか。それでも怒らないのか？」

「皆さんのいう理不尽というのがよくわからないのですが、たとえば宇宙で生活していれば、色々な障害と遭遇します。しかし、そうした障害は予測可能なものです。宇宙は物理法則で動くのですから、想定外の事態に突発的に遭遇するようなことはありません。予測可能なリスクに対して怒りは生じません」

「予測不可能な障害に遭遇することだってあるはずだ。それでも怒らないのか？」

「予測不能の事態に対して、怒ったことで問題は解決しますか？　しませんね。なら怒るのは無意味です」

桑原はオリオン太郎に初めて底知れぬ不気味さを覚えた。怒りという言葉を知っているからには、彼らも怒りが何であるかを理解しているのだろう。にもかかわらず彼らは怒りの情動をコントロールできるのだ。しかし、コントロールできる情動とは果たして感情と呼べるのか？

そして合理性を前に感情を制御できるとしたら、オリオン集団に対して心理戦は通用しない。その一方で、彼らが人類に対して行ってきた軍艦への攻撃や東京上空での伝単散布は、明らかに心理戦の道具だ。彼らは人類に心理戦を仕掛けられるが、その逆はない。

「状況をご理解いただけたようですので、大使館開設準備班の皆さんにお伝え願えませんか」

オリオン太郎はにこやかに言う。感情を制御できると言っている相手の笑顔にはどんな感情が隠れているのか、桑原にはわからない。

「何を伝えるというのだ？」

「ウルシー環礁の第四艦隊ですが、駆逐艦卯月は沈めましたがほとんどの乗員は無事です。僚艦に救助されました。我々も脱出の機会を与えてましたしね。

ただ、第四艦隊の認識がどうであれ、彼らは我々の管理下にあるわけです。これは信じていただけると思うのですけど、僕らは第四艦隊をこの地上から一掃することも可能です。

片桐司令長官は、ウルシー環礁は僕らの土地ではないと主張してらっしゃるのですが、それはわかります。とはいえ前進しないという選択肢を選ぶことができたのに、それをせずに僕らの勢力圏内に意図して入ったのですから、生殺与奪の権は僕らの側にあります。

この件に関して日本政府と話し合いを行う用意が当方にはありますが、話し合いの場がない。僕と桑原さんがここで何か決めても、そんなものに法的拘束力がないことくらいおわかりですよね。

互いに相手の行動を縛る協定を結ぶには、大使館を開かねばなりません。話し合いの公的なチャンネルを作るんですよ」

　オリオン太郎は笑顔でそう言うものの、内容は明らかに恫喝だった。少なくとも桑原はそう解釈した。

　ただ、ここで恫喝か否かという議論をしても始まらない。現実に第四艦隊はオリオン集団の掌中にある。とはいえ、いまここでオリオン太郎の話を鵜呑みにするのも危険だ。

「第四艦隊の将兵は無事なのだな」

「はい。いまここで全滅させてしまったなら、大使館の開設など不可能ですからね」

「ならば、第四艦隊の状況がどうであるのか確認したい。大使館を開設しました、艦隊は全滅してました、では話にならないからな。

　君らの技術ならトンツーの無線電信など好きなように改竄できよう。よって無線通信では安全は確認できない」

「ならどうするのでしょうか？」

　珍しくオリオン太郎の顔から表情が消えた。

「自分を空中要塞から運んできたピルスというのがあっただろう。それに片桐司令長官なり岸福司第四艦隊参謀長を乗せて連れてこい。司令長官や参謀長の証言により、大使館の開設についての議論もできよう」

「なるほど、では手配しましょう。その旨を連合艦隊から第四艦隊に伝えてください。そうすればすべてが問題なく進むでしょう」

こうして二時間後に、海軍の東京通信系より第四艦隊に命令が送信された。連合艦隊司令部は議論の末に、岸参謀長を艦隊司令長官代行として現地で指揮を執るものとし、片桐司令長官から話を聞くこととした。

「第四艦隊司令長官は帰還されたし」

＊

「艇長、飛行機が戦艦金剛に着艦してます！」

山下光一海軍大尉は、先任で甲標的艇長の岩田徳一大尉に報告する。本来、伊号第九潜水艦に搭載される甲標的の乗員は、岩田大尉と機関担当の佐木平蔵一曹の二名だけだった。それに上陸任務を行う山下大尉が加わることになった。

さらにウルシー環礁までの移動の間に、甲標的は捨て、上陸は三人で行うことに計画が修正された。大尉が二名いるのはそのためだ。

「着艦というより接触だな」

双眼鏡を向けた岩田大尉は、戦艦金剛の艦尾部に覆い被さるように接触している座布団のような飛行機を見た。どう考えても全体が艦尾に収まるはずもなく、幅も長さもはみ出していた。

見た印象では着艦ではなく、機体の一部を戦艦に接触させてバランスを取っているように見えた。

三人はファラロップ島に上陸していた。本当なら、周辺の島嶼（とうしょ）を上陸調査する予定だったが、一番大きなファラロップ島への上陸作業中に甲標的が沈没してしまったのだ。

理由はよくわからない。荷物庫にしていた魚雷発射管の水密扉が突然開いて、見る間に沈没してしまったのだ。幸か不幸か荷物の半分は揚陸していたので、いますぐ命に関わるようなことはない。

ただ沈んだ甲標的には小浮嚢船（ゴムボート）が積まれていたほか、無線機もまだ降ろしていなかった。つまり三人はファラロップ島から移動することも、無線報告を行うこともできなかった。

とはいえ三人はそれほど悲観していない。海軍兵学校や海兵団では遠泳でしごかれていたから、やれば隣島まで泳いで行けるし、最悪、第四艦隊に回収してもらえばいい。

問題は艦隊と一切の連絡が取れないことだった。何しろこの島は敵地なのである。狼煙（のろし）をあげるとか鏡の反射も気取（けど）られる可能性がある。無線機でさえ最低限の通信にしろと命じられていたのだ。

上陸した島は本当に平坦で、灌木が点在しているくらいだ。その間におろした荷物をまとめ臨時の拠点を築く。二丁の三八式歩兵銃と、九六式軽機関銃が一丁、それが武装のすべてである。拠点には佐木一曹が軽機関銃とともに残り、岩田と山下が小銃を持ってファラロップ島の調査を行うこととなった。

最初の調査は数時間で終わった。平坦な島だが中央部に細長い丘陵地帯があり、それは厚さ五センチほどの層が五メートル以上も積み重なった壁となり、さらにその壁が複数積み重なった人工的なものだった。

つまり建築物であるが、島を一周しても入口らしいものが一つもない。海岸には足跡も車両の轍（わだち）もなく、素直に解釈すればオリオン集団はこの丘陵のような建築物から一歩も外に出ていないことになる。

写真撮影は行ったが、敵の基地を捜索するというより、風景写真の撮影に近い。そもそもこの島には歩哨もいなければパトロールもいないのだ。

そして九月二五日の夕刻になり異変が起こる。おそらく丘陵から発進したのだろう、円盤のような大型機が四機に、座布団のような小型の飛行機六機がどこかに飛び去っていった。

「艦隊じゃないですか」

山下の言葉に岩田はうなずくのが精一杯だった。いよいよ戦端が開かれるのか？　しかし、艦隊がいるであろう方角からは大音響も爆発の煙も見えない。そして彼らには艦隊との連絡がつかないので、何が起きているかわからない。

とりあえず岩田らは拠点に戻り善後策を協議するが、妙案は出ない。無線機も失い、こうなれば連絡がつかないことに不審を抱いた第四艦隊の救援を持つしかないとの結論に落ち着いた。

そうして一夜を明かし、三人は順番に海岸を見張る。岩田はノートに昨日の出来事を記した後、九月二六日と今日の日付を書き入れる。ここから何が書き記されるか、彼にもわからない。

「艇長、大変です！」

海岸を見張っていた佐木一曹が拠点に駆け込む。

「どうした？」

「第四艦隊が環礁内に集結しています！」

「何だと！」

それは朗報かと最初は思った。しかし、海岸からムガイ水道方面を見ると、戦艦金剛や比叡、空母飛龍、蒼龍など多数の艦艇が滞泊している。錨も降ろしており、煙突からは煙もなく、釜の火も落としているらしい。

そして昨日飛び去った一〇機の飛行機が空中に静止しながら、艦隊を包囲していた。海面には潜水艦の姿も見える。艦隊は袋の鼠だ。

「信号だぞ」

旗艦金剛の信号機より島に信号が送られていた。それは全艦艇に送っているようだが、なぜかファラロップ島からも判別できた。

「軽挙妄動を慎み、本来の任務に専念されたし、か」

それは上陸した三人への、片桐司令長官からの命令だ。何かの事情で艦隊は動けないが、敵の本拠地に上陸した自分たちなら事態をひっくり返せるかもしれない。岩田艇長はそう解釈した。

それから数日は、人工的な丘陵への侵入口を探すことに費やされた。一度など丘陵の頂上に登ったが、あの飛行機が発進した痕跡さえ見当たらない。

そうして焦りを覚えはじめた一〇月一日の朝、金剛に飛行機が接触した。

「誰か乗り込むぞ！」

それが誰かまではわからない。さすがに階級章までは見えないからだ。ただ将官クラスなのは間違いないと思われた。つまり片桐司令長官か岸参謀長だろう。金剛に乗っている将官はこの二人しかいない。

ほどなく四角い飛行機は垂直に上昇して金剛を離れ、北に向かって信じられない速度で飛び去った。

「どこに行ったんでしょう？」

そう尋ねる佐木に岩田は言う。

「ここから真北なら、それは日本だ」

＊

一〇月三日・房総半島沖合
「あと五分か」

猪狩周一は腕時計を見る。彼は巡洋艦利根の艦上で桑原茂一ならびにオリオン太郎とともに、房総沖にあった。本来ならば一週間後には特別観艦式が行われるという時期であったが、それは延期された。

新体制により日華事変解決に全力を傾注し、そのため特別観艦式は延期というのが表向きの理由。主たる理由はオリオン集団の存在だ。

第四艦隊が本当に無事であることを示すために、オリオン集団はピルスで艦隊の人間を日本に連れてきて証言させろ。その日本側の要求をオリオン太郎は飲んだ。

こうして第四艦隊の片桐司令長官は無事にピルスで日本に帰還した。日本側の要求に従ったことと引き換えに、オリオン太郎は大使館開設の切り札をだしたのだ。

鈍い破裂音とともに、利根の搭載する水上偵察機がカタパルトから打ち出される。これもこれから起こることへの備えだ。

「オリオン太郎の言葉は間違いないのか？」

艦橋に佇む猪狩に、そう声をかけたのは桑原だった。思えば桑原とはまだじっくりと話す機会がなかったことに、猪狩は急に気がついた。

「間違いない。自分と桑原さんが同じ解釈をしたんだ」

「それはそうだな」

その時、艦内スピーカーから報告がなされる。

「対空電探、未確認飛行物体を確認。西方より急速に接近中」

猪狩は桑原とともに、西側に面したウイングに向かう。

「あれか！」

宇宙から低い角度で、白色の光を発する何物かが接近してくる。

「ぶつかる！」

利根の艦上でそんな声が上がった。しかし、それは利根の上空を通過し、東側の海域に衝突した。

猪狩と桑原はすぐに東側のウイングに走る。

東の水平線で、白い幕が同心円状に広がったように見えた。水柱ではなく、白い雲とも霧ともつかないものだ。そして三〇秒ほどして大音響が重巡利根を襲った。数分後に強い風が利根を吹き抜け、船体を白い何かが包み込む。

「泡だな……」

猪狩は壁の白い付着物を触る。石鹸の泡に似ているが、それよりはるかに強度がある。一番近いのはアイスクリームか？　ふと思って舐めてみたが、舌で溶けないし、無味無臭だ。そして泡は自然に消えてゆく。

「無事に着水に成功しました」

笑顔で防空指揮所から現れたのはオリオン太郎だった。事前の説明を受けたためか、艦橋にいる海軍軍人たちはオリオン太郎などいないかのように振る舞っている。

「もうじき大気状態も落ち着きます。そうすれば見えますよ」

「大使館は本当に客船なのか？」

そう尋ねる猪狩にオリオン太郎は言う。

「本当ですよ」

「客船を宇宙からどうやって？」

「簡単に言えば、丈夫な泡で包み込むんです。大気を圧縮する熱も防げるし、着水の衝撃波は泡が崩壊することで逃がせるんですよ」

「そうか、なるほど」

などと猪狩は言ってみるが、話の半分もわからない。

「ほら、見えてきました」

オリオン太郎が指差す方向には、巨大な浮かぶ城が見えた。客船には違いないだろうが、デッキより上の構造物だけでも巨大で、まるで銀座をそのまま浮かべたようだ。

「地球の単位で言えば、全長で三五〇メートルくらい、幅で六五メートルかな。客船の排水量は二〇万トンほどです」

「そんな巨大な船なのか！」

驚く猪狩に、オリオン太郎は平然と言う。

「それくらい宇宙じゃ普通ですよ」

謝辞

本作に登場するオリオン李四とオリオン李芳の名前については、立原透耶先生の助言をいただきました。この場を借りてお礼申し上げます。

本書は、書き下ろし作品です。

〈日本SF大賞受賞〉

星系出雲の兵站

（全4巻）

林 譲治

人類の播種船により植民された五星系文明。辺境の壱岐星系で人類外らしき衛星が発見された。非常事態に乗じ出雲星系のコンソーシアム艦隊は参謀本部の水神魁吾、軍務局の火伏礼二両大佐の壱岐派遣を決定、内政介入を企図する。壱岐政府筆頭執政官のタオ迫水はそれに対抗し、主権確保に奔走する。双方の政治的・軍事的思惑が入り乱れるなか、衛星の正体が判明する——新ミリタリーSFシリーズ開幕

ハヤカワ文庫

〈日本SF大賞受賞〉

星系出雲の兵站―遠征―

（全5巻）

林　譲治

人類コンソーシアムに突如届いた「敷島星系に文明あり」の報。発信源は、二〇〇年前の航路啓開船ノイエ・プラネットだった。報告を受けた出雲では、火伏礼二兵站監指揮のもと、バーキン大江少将を中心とする敷島方面艦隊の編組と機動要塞の建造が進んでいた。一方、ガイナス封鎖の要衝・奈落基地では、烏丸三樹夫司令官率いる調査チームがガイナスとの意思疎通の緒を探っていたが……。シリーズ第二部開幕！

新・航空宇宙軍史

コロンビア・ゼロ

谷　甲州

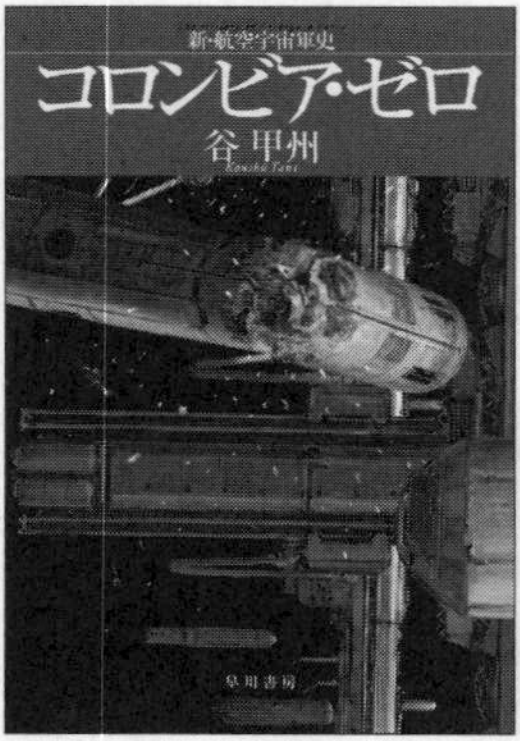

〔日本SF大賞受賞作〕外惑星連合が航空宇宙軍に降伏した第一次外惑星動乱から四十年。タイタン、ガニメデ、木星大気圏など太陽系各地では、新たなる戦乱の予兆が胎動していた——。第二次外惑星動乱の開戦までを描く全七篇を収録した、宇宙ハードSFシリーズの金字塔、二十二年ぶりの最新作。解説／吉田隆一

疾走！千マイル急行（上・下）

小川一水

名門中等院に通うテオは、文明国エイヴァリーの粋を集めた寝台列車・千マイル急行で旅に出た。父親と「本物の友達を作る」約束を交わして――だが途中、ルテニア軍の襲撃を受ける。装甲列車の活躍により危機を脱するも、祖国はすでに占領されていた。テオたちは救援を求め東大陸の采陽(サイヨー)を目指す決意をするが、苦難の旅程は始まったばかりだった。小川一水の描く「陸」の名作。　**解説／鈴木力**

ハヤカワ文庫

著者略歴　1962年生，作家　著書『ウロボロスの波動』『ストリンガーの沈黙』『ファントマは哭く』『記憶汚染』『進化の設計者』『星系出雲の兵站』『大日本帝国の銀河1』（以上早川書房刊）他多数

HM=Hayakawa Mystery
SF=Science Fiction
JA=Japanese Author
NV=Novel
NF=Nonfiction
FT=Fantasy

大日本帝国の銀河3

〈JA1490〉

二〇二一年七月二十日　印刷
二〇二一年七月二十五日　発行
（定価はカバーに表示してあります）

著者　林　譲治
発行者　早川　浩
印刷者　西村文孝
発行所　株式会社　早川書房
郵便番号　一〇一‐〇〇四六
東京都千代田区神田多町二ノ二
電話　〇三‐三二五二‐三一一一
振替　〇〇一六〇‐三‐四七七九九
https://www.hayakawa-online.co.jp

乱丁・落丁本は小社制作部宛お送り下さい。
送料小社負担にてお取りかえいたします。

印刷・精文堂印刷株式会社　製本・株式会社フォーネット社

ISBN978-4-15-031490-3 C0193

本書は活字が大きく読みやすい〈トールサイズ〉です。